青少年经典阅读书系 〔名师解读〕
QINGSHAONIAN JINGDIAN YUEDU SHUXI

HAOBING SHUAIKE
QIYUJI

好兵帅克奇遇记

【一道凝结智慧与幽默的文学大餐】

〔捷克〕雅洛斯拉夫·哈谢克◎著

《青少年经典阅读书系》编委会◎主编

首都师范大学出版社
CAPITAL NORMAL UNIVERSITY PRESS

图书在版编目（CIP）数据

好兵帅克奇遇记／《青少年经典阅读书系》编委会主编.—北京：
首都师范大学出版社,2011.11(2025年3月重印)
（青少年经典阅读书系.奇遇系列）
ISBN 978-7-5656-0597-0

Ⅰ.①好… Ⅱ.①青… Ⅲ.①长篇小说-捷克-现代-缩写
Ⅳ.①I524.45

中国版本图书馆 CIP 数据核字（2011）第 255926 号

好兵帅克奇遇记

《青少年经典阅读书系》编委会 主编

策划编辑　徐建辉
首都师范大学出版社出版发行
地　　址　北京西三环北路 105 号
邮　　编　100048
电　　话　68418523（总编室）　68418521（发行部）
网　　址　www.cnupn.com.cn
印　　厂　廊坊市安次区团结印刷有限公司
经　　销　全国新华书店发行
版　　次　2012 年 7 月第 1 版
印　　次　2025 年 3 月第 6 次印刷
书　　号　978-7-5656-0597-0
开　　本　710mm×1000mm　1/16
印　　张　11.5
字　　数　130 千
定　　价　40.00 元

总 序

Total order

　　被称为经典的作品是人类精神宝库中最灿烂的部分，是经过岁月的磨砺及时间的检验而沉淀下来的宝贵文化遗产，凝结着人类的睿智与哲思。在滔滔的历史长河里，大浪淘沙，能够留存下来的必然是精华中的精华，是闪闪发光的黄金。在浩瀚的书海中如何才能找到我们所渴望的精华——那些闪闪发光的黄金呢？唯一的办法，我想那就是去阅读经典了！

　　说起文学经典的教育和影响，我们每个人都会立刻想起我们读过的许许多多优秀的作品——那些童话、诗歌、小说、散文等，会立刻想起我们阅读时的那种美好的精神享受的过程，那种完全沉浸其中、受着作品的感染，与作品中的人物，或者有时就是与作者一起欢笑、一起悲哭、一起激愤、一起评判。读过之后，还要长时间地想着，想着……这个过程其实就是我们接受文学经典的熏陶感染的过程，接受文学教育的过程。每一部优秀的传世经典作品的背后，都站着一位杰出的人，都有一个高尚的灵魂。经常地接受他们的教育，同他们对话，他们对社会与对人生的睿智的思考、对美的不懈的追求，怎么会不点点滴滴地渗透到我们的心灵，渗透到我们的思想和感情里呢！巴金先生说："读书是在别人思想的帮助下，建立自己的思想。""品读经典似饮清露，鉴赏圣书如含甘饴。"这些话说得多么恰当，这些感

总 序

Total order

　　受多么美好啊！让我们展开双臂、敞开心灵，去和那些高尚的灵魂、不朽的作品去对话，交流吧，一个吸收了优秀的多元文化滋养的人，才能做到营养均衡，才能成为精神上最丰富、最健康的人。这样的人，才能有眼光，才能不怕挫折，才能一往无前，因而才有可能走在队伍的前列。

　　"首师经典阅读书系"给了我们一把打开智慧之门的钥匙，会让我们结识世界上许许多多优秀的作家作品，会让这个世界的许多秘密在我们面前一览无余地展开，会让我们更好地去感悟时间的纵深和历史的厚重。

　　来吧！让我们一起品读"经典"！

国家教育部中小学继续教育教材评审专家
中国教育学会中学语文教学专业委员会秘书长　苏立康

丛书编委会

丛书策划　李佳健
　　　　　王　安
主　　编　李佳健
副 主 编　张　蕾
编　　委（排名不分先后）
　　　　　张　蕾　李佳健　安晓东　王　晶　高　欢
　　　　　徐　可　李广顺　刘　朔　欧阳丽　李秀芹
　　　　　朱秀梅　王亚翠　赵　蕾　黄秀燕　王　宁
　　　　　邱大曼　李艳玲　孙光继　李海芸

阅读导航

　　雅洛斯拉夫·哈谢克（1883—1923）是原捷克斯洛伐克优秀的讽刺小说作家，出生于奥匈帝国统治时期布拉格一个穷教员家庭，童年生活凄苦。第一次世界大战爆发后，他应征入伍，被奥匈帝国当局编入捷克兵团赴俄作战。俄国十月革命爆发后，他转而加入了列宁领导的布尔什维克党。1920 年，他返回布拉格，专心从事文学创作，直到 1923 年逝世，享年 40 岁。

　　哈谢克最早发表的一些短篇小说，如《女仆安娜的纪念日》《猪崽克萨威尔外传》等，反映的都是普通劳动者的悲惨境遇，充满正义感和对下层人民的同情心。而长篇小说《好兵帅克奇遇记》（全名《好兵帅克在第一次世界大战中的遭遇》）则是他最为重要的一部长篇政治讽刺小说，一出版便被译为近 30 种文字，受到世界各国人民的喜爱与赞誉。

　　《好兵帅克奇遇记》是一部杰出的政治讽刺小说，同时也是一部凝结了作者智慧与幽默的文学经典。小说以一个普通的捷克士兵帅克在第一次世界大战中的经历为线索，深刻揭露了奥匈帝国统治者的凶恶专横及其军队的腐败堕落；对帝国主义军队对人民的疯狂压榨、官兵之间欺上压下的荒唐关系以及各级军官的愚蠢和贪婪等方面，都做了淋漓尽致的描写。书中的主人翁帅克更是作者笔下绝妙的讽刺典型，在他身上所发生的种种令人发笑的故事，表现的正是他对敌人的恨和对捷克人民的爱。可以说，帅克是一个被埋没的英雄，是捷克民族数百年来孕育而生的一个憨厚老实、聪明机智而又幽默诙谐的典型人物。

目录

好兵帅克以他可爱动人的独特方式干预了第一次世界大战。

几年前，当帅克被军医审查委员会宣布神经不正常后，他只好退伍，靠贩狗为生——替丑陋不堪的杂种狗伪造纯血统证明书。

"您知道吗，帅克先生？他们把斐迪南给干掉啦！"一天，女佣摩勒太太大惊小怪地说。

"哪个斐迪南呀，摩勒太太？"帅克一边按摩着他的膝盖，一边漫不经心地问道。"我认识两个斐迪南：一个当伙计的，就是喝生发油的那个；还有就是斐迪南·寇斯卡，他是个捡粪的。他们两个随便哪个死掉都没有什么大不了的。"

"不，帅克先生，是斐迪南大公，就是住在康诺庇斯特、又胖又虔诚的那个呀。"

"大哪！"帅克惊叫了一声，"这可太妙了！在哪儿发生的？"

"是在萨拉热窝的那个斐迪南大公。您知道吗？刺客们用的可是左轮手枪。当时大公和他的夫人正坐着小轿车兜风呢。"

"瞧，多神气呀！唉，摩勒太太，也只有像他那样的贵人才坐得起小轿车哪！可他怎会料到兜兜风就从此一命呜呼了，而且还是在萨拉热窝。摩勒太太，那可是在波斯尼亚省呀！我猜准是土耳其人干的。当初咱们就不该把波斯尼亚和黑塞哥维那抢过来。你瞧，结果怎么着？那位大公果然上了西天了！我琢磨着他大概好半天才咽气吧？"

"当场就咽气了。先生，您以后可别再耍弄那些左轮手枪了。那玩意儿可厉害了！"

"有一种左轮枪，摩勒太太，随你怎么用劲儿扳，它也不冒火。可是，我估计他们干掉大公的枪肯定比我说的那种强。我敢跟你打赌，干这档子事的人那天一定穿得极为体面。开枪打大公可不像偷猎者朝守林人放个冷枪那么简单，你得想法子靠近他。像他这样显贵的人，可不是谁都能接近的哦。你一定得戴上一顶高筒礼帽，否则没等你下手就会先被警察逮住。"

"帅克先生，我听说刺客有好几个哪。"

"当然喽，摩勒太太，"这时帅克已按摩完他的膝盖，"比方说，你打算干掉一位大公或是皇帝什么的，你当然得找些人商量商量呀。常言道，人多智广嘛。这个出点儿主意，那个再想点儿对策，像《圣经》上说的那样，就功德圆满喽。最要紧的是你得瞅准了那位大人物的车子开过的空子。这样的大人物可有的是，迟早他们一个个都要轮到的。你就等着瞧吧，摩勒太太，他们一定饶不了皇帝和他的皇后。但愿上帝保佑，也许有一天连我们的皇帝也自身难保呢，这不，他们已经拿他的叔叔开刀了。那老家伙的对头可比斐迪南的还要多呢。刚才酒馆里一位先生说得好，早晚有一天这些当皇帝的，一个个都得被干掉。"

"先生，报上说，大公身上被打得净是筛子眼儿！"

"干得可真麻利，摩勒太太。如果让我去干那事儿，我一定买一支白朗宁枪。别看它像只玩具，可只要两分钟你就能打死20个大公，不论胖的还是瘦的。不过老实说，摩勒太太，胖的总要比瘦的好打些。好啦，我该去瓶记酒馆了。要是有人来取那只留了定金的小狗，你就说它在我乡下的狗场里呢。我刚替它剪齐了耳朵，得等它长好了才能领回去呢，不然会伤风的。你就把钥匙交给门房吧！"

瓶记酒馆只有一个顾客，那就是做密探的便衣警察布里契奈德。老板帕里威兹正在洗玻璃杯，布里契奈德总想跟他谈一谈，可老也谈不拢。

"今年这夏天可真不错！"布里契奈德这样开了场。

"糟透了。"帕里威兹回答着，一面把玻璃杯放进橱柜里。

"他们在萨拉热窝可替咱们干了桩好事。"密探赶忙接上一句。

"我向来不过问那一类事，别想让我发表什么议论。"酒馆老板小心翼翼地回答说，"如今要跟这种事儿搅和上，还不等于去送命。我是个做买卖的，什么萨拉热窝、什么政治、死了个什么大公，都跟我毫不相干，除非我不想活了。"

密探没再说下去，他失望地看了看空无一人的酒馆。

"你这里曾经挂过一幅皇帝的像吧，"不一会儿他又找起话茬儿来，"就在你现在挂镜子的地方。"

"对，从前是挂在那儿，苍蝇在上头拉了屎，所以我把它放到仓房里去了。那儿最保险，你想，说不定哪天谁扯句闲话，兴许就会惹出麻烦来，我犯得着吗？"

这时，帅克走进酒馆，要了杯黑啤酒。

"萨拉热窝那事是塞尔维亚人干的吧？"见到帅克进来后，布里契奈德又扯回来。

"这你可错了，"帅克回答说，"是土耳其人干的，是为了波斯尼亚和黑塞哥维那两省。"接着帅克就针对奥地利在巴尔干半岛的外交政策发表了一通宏论："土耳其人 1912 年败在塞尔维亚、保加利亚和希腊人手里。他们要求奥地利出来帮忙，可事与愿违。所以他们暗杀了大公。"

"你喜欢土耳其人吗?"帅克掉过头来问帕里威兹，"你喜欢那群不信上帝的狗吗?"

"顾客都一样，"帕里威兹说，"我们这种买卖人没闲工夫去理会政治。只要你们付了酒钱就随你们高谈阔论。不论干掉斐迪南的是塞尔维亚人还是土耳其人，是天主教徒还是回教徒，是无政府党人还是小捷克党人，对我都一个样儿。"

"那自然很好，老板。"布里契奈德开始来劲儿了，"可是你得承认这件事对奥地利是个很大的损失啊。"

帅克替老板回答说："是啊，还真是个惊人的损失。要是今天就开起仗来，我一定心甘情愿替咱们的皇帝效力，粉身碎骨也在所不惜。"帅克痛快地喝了一大口，又接着说，"你们以为皇帝会容忍这种事吗? 你们太不了解他啦。跟土耳其人这一仗势在必行。把我叔叔给害了，哼! 先尝我一拳再说。塞尔维亚和俄国会帮咱们，仗是一定要打喽!"

当帅克这样预卜未来的时候，神情着实感人。他脸上一片纯真，笑得宛若一轮明月，焕发着热忱。

"要是跟土耳其人开起火来，也许德国人会向咱们进攻，"他继续描绘着奥地利的前景，"因为他们是一路货色! 但是咱们可以跟法国联合呀，他们跟德国人可老早就积下了仇怨。那时可就热闹啦。"

密探站起来很严肃地说："别再说下去了，跟我来。"

帅克随他到了过道，不禁吃了一惊: 密探掏出证件给他看了看，宣称要逮捕他，并立即送往警察局。帅克竭力想解释，但是布里契奈德却说，实际上帅克已经犯了好几桩刑事罪，包括叛国罪。

他们回到酒馆，帅克对老板说："我喝了五杯啤酒，吃了个香肠面包。再给我来杯李子酒我就得走了，因为我被捕了。"

密探又掏出证件给老板看了看，问道："你结婚了吗？"

"结了。"

"要是你不在，你老婆能照顾这里的生意吗？"

"可以。"

"那好，先生，"密探轻快地说："叫你老婆上这儿来吧，把生意交给她，我们晚上就来拿你。"

"您一点儿都不用担心，"帅克安慰他说，"我也不过是因为一桩叛国罪而被捕的。"

"可我又为哪桩呀？"酒吧老板抱怨道，"我是多么谨慎啊！"密探微微笑了笑，得意地说："还不是为了你那句'苍蝇在皇帝身上拉了屎'。"

就这样，帅克以他独特的方式干预了第一次世界大战，而他自己也因为这一件事进了监狱。

▌情境赏析▐

女佣摩勒太太和帅克的对话让他了解了萨拉热窝事件，从而令他在瓶记酒馆和人的闲聊中有了谈资，使密探抓住把柄逮捕了他。这件事反映了那个荒谬的时代的特征：仅仅因为谈了一点儿对时事的看法，就被扣上叛国罪的帽子。而更为荒谬的是，千般小心、万般谨慎的酒馆老板也稀里糊涂地"叛国"了。由此可见，最后那一句"帅克……干预了第一次世界大战"，还真是一点儿也没有夸张。

第二章

一回到牢里，帅克就告诉所有的囚犯说："审讯是再有趣不过的事了。"

萨拉热窝的暗杀事件使得警察局的牢房里挤满了倒霉鬼，他们一个接一个地被带了进来。

帅克被带到二楼的一间牢房。他发现里边已经有 6 个人了。其中 5 人围坐在桌边，另一个中年男子却坐在墙角，像是在故意避开大家。

帅克逐个问起他们被捕的原因。围桌而坐的 5 个人的回答几乎一模一样——"就是为了萨拉热窝那档子事"。只有墙角那个人说，他是因为企图用暴力抢劫而被捕的。

跟帅克情形差不多，他们大都是在客栈、酒馆或咖啡馆里被捕的，只有一个人例外。那个例外者异常肥胖，戴着副眼镜，满脸淌着泪水说，他曾请两个塞尔维亚的学生喝过酒。

帅克听完他们关于"阴谋颠覆国家"的可怕故事后，觉得有必要指出他们目前的处境已是毫无希望的了。

"咱们全都糟透了，"他这么宽慰他们，"国家要警察是干什么的？还不就是为了惩治咱们这些多嘴的人的！现在时局危急到连大公都吃了枪子，咱们给警察抓进来又算得了什么呢？<u>也好，大家在一块儿，总不会闷得慌。</u>"

<u>说完，帅克便在草垫上伸开四肢，心满意足地睡着了。</u>

不久，警察又带进两个人来。其中一个便是帕里威兹先生，他一看到帅克，就马上把他叫醒，悲伤地说："瞧，我也来了！"

帅克握了握他的手，说："你来了我打心眼里高兴。那个警察既然告诉你他会去接你，我就知道他是不会失约的。"

但酒馆老板可不这么想，他才不管他们守不守信用呢。

帅克说完就又躺下睡了，但没多久，他就被带去受审。

他满面春风地走进传讯室，问候道："晚安，大人们！希望诸位万事顺心！"

没人答理他。他被推到一张桌子前，对面坐着一位冷冰冰的官老爷，他狠狠地瞪了帅克一眼，说："别跟我装傻！"

"没办法，"帅克若无其事地回答，"军队就因为我神经不正常，取消了我的军籍。"

充分展现了帅克生性乐观、随遇而安的性格特征。

这是帅克用调侃的语气缓解紧张的气氛，也表达了他的乐观。

　　那位面带凶相的老爷磨着牙齿说："从你被控告和所犯的案子来看，你可一点儿也不傻。"

　　接着他就一件件地罗列起帅克的罪名，从叛国到侮蔑王室。其中特别显著的，就是对暗杀事件表示赞许。从中衍生出许多新的罪名，赫然昭彰的便是鼓动叛变。

　　"你还有什么要辩护的吗？"满脸凶相的老爷得意地问。

　　"你们可真给我搞了不少名堂啊！"帅克天真地回答道，"只是太多了反而没好处。"

　　"那么你全招认了？"

　　"是的。你们可得严办啊。想当初我在军队时……"

　　"住嘴！"那位官老爷大声喝道，"没问你，就不许说一个字，明白吗？"

　　"老爷，请您原谅，您说的每一个字我都仔细听明白了。"

　　"你平常跟谁在一起？"

　　"一个女佣，老爷。"

　　"难道你在政界没熟人吗？"

　　"有啊，老爷。我订了《民族政策报》，就是那个'小狗报'。"

　　"滚出去！"那位相貌凶暴的老爷咆哮起来。

　　帅克被带出去的时候还很礼貌地说："再会，大人！"

　　回到牢里，帅克就告诉所有的囚犯说："审讯是再有趣不过的事了。他们朝你嚷上几声，然后就一脚把你踢出来。"

帅克时时不忘用调侃、诙谐的语气面对这些欺压平民的官老爷，谁不说这同样是一种斗争方式呢？

帅克试图以自己乐观的情绪感染牢房里的难友们。

　　过了一会儿，帅克接着又说："如今被捕还蛮有意思的，不像古时候，把犯人劈成四块，或都叫他们从烧红的烙铁上走过去。咱们现在有草垫、有桌子，还有汤喝、有面包吃，厕所又在跟前，一切都表明，这世界进步多了。"

　　他刚刚称赞完现代公民在监牢里生活上的改进，看守就打开门，嚷道："帅克，穿上衣服，出去过堂！"

　　不一会儿，帅克又站在那位满脸凶相的老爷面前了。

　　"你全都招认了吗？"

　　帅克用他那双善良的蓝色眼睛望着他，温和地说："假如大人您要我招认，我就招认，我都听您的。"

形容词栩栩如生，仿佛这样一个帅克就站在我们面前。

　　那位严厉的老爷在公文上写了些字句，然后递给帅克一支钢笔，叫他签字。

　　帅克就在控诉书上签了字，并且在后面加上一句：

　　以上对我的控诉，证据确凿。

　　　　　　　　帅克

　　他签完了字，就掉过头来对那位严厉的老爷说：

　　"还有别的公文要我签吗？或者明天早晨我再来一趟？"

　　"明天早晨就该带你上刑事法庭了。"

　　"几点钟，大人？我可不愿睡过了头。"

　　"滚出去！"又是一声咆哮。

　　帅克一回到牢房，同屋的犯人就向他问东问西，帅克轻松地回答说："我刚招认了斐迪南大公多半是我暗杀的。"

帅克看似随意的调侃教次激怒这些官老爷，让他们凶相毕露，可是又拿他没办法。

其他人一听，都吓得缩成了一团。帅克却轻松地说："可惜咱们这儿缺个闹钟。"

第二天清早，没有闹钟，也自然有人把帅克喊醒。6点整，一辆囚车就把帅克押到省立法院的刑事厅去了。

用一句谚语"早鸟食虫"继续着他的诙谐。

当囚车驶出警察局的大门时，帅克对跟他同车的人们说："咱们是早鸟食虫，抢先了！"

▌情境赏析▌

帅克被捕后，通过很不合理、极其荒谬的审判程序就被定了罪。整个章节从头到尾以帅克生性乐观、随意的表现反衬出官老爷们凶残、虚伪以及色厉内荏，即使这样，官老爷们也拿帅克毫无办法，最终凶相毕露。突出表现了那个时代的荒谬以及民众被任意欺压、凌辱的状态。

▌名家点评▌

哈儿狗往往比他的主人更严厉。

——鲁迅

第三章

法医委员会派了三位非常严肃的先生来确定
帅克的智力和他被指控的罪名是否相符。

帅克很满意省立法院刑事厅里既干净又舒适的小审讯室，同样令帅克满意的还有那位十分和善的审讯官。当帅克被带到他面前时，他用他与生俱来的礼貌请帅克坐下，然后说："那么阁下就是帅克先生了？"

"想来一定是这样，"帅克回答说，"我爹叫帅克，我妈叫帅克太太。我可不能给他们丢脸，否认自己的真名实姓。"

审判官脸上泛过一片柔和的笑容。

"你干了这么件坏事，良心上一定够不安的吧。"

"我的良心向来都是不安的。"帅克笑得比审判官还柔和。

"从你签署的口供看，我了解这一点，"司法大员用同样慈祥的口气说，"警察局对你施加压力没有？"

"没有，大人。我亲自问他们我应不应该在上边签字，他们说应该签，那么我就照他们吩咐的做了。"

"你觉得你的身体健康吗，帅克先生？"

"大人，我可不能说一点儿病都没有，我有风湿症。"

老先生又慈祥地笑了笑："我们请法医来给你检查一下，你看好吗?"

"我没什么大不了的毛病,不值得白白糟蹋老爷们的时间。况且警察局里有一个大夫已经给我检查过了。"

"不过还是请法医来查一查更好,你也可以好好休息一下。对了,根据口供,你曾说不久就会爆发战争,是吗?"

"是呀,大人,战争随时都会爆发的。"

审讯就这样结束了。帅克跟审讯官握了握手,回到牢里对难友们说:"他们要请法医来检查我了。"

"我才不相信法医呢!"一个样子看起来很机灵的人说,"有一回,我伪造了几张汇票,当我被逮住的时候,我就照哈维洛哥医生所描述的那样假装抽了一阵羊角风,还在法医委员会的一位大夫的腿上咬了一口。可正因为我咬了那人的腿肚子,他们报告说我体质健康,结果我就没救了。"

"咱们得公平些,谁能保得住没个差错?一个人越在一件事情上用心思,就越容易出差错。法医也是人,所以也会出点儿错,内阁大臣们不是还有搞错的时候吗?"

不久,法医委员会派来三位非常严肃的先生来确定帅克的智力和他被控的罪名是否相符。帅克走进检查室,一看到墙上挂着的奥地利元首肖像就喊道:"诸位,咱们的皇帝,弗朗兹·约瑟夫一世万岁!"

事情完全清楚了,帅克由衷的吐露使他们觉得没有必要再问那么多。只是有几个重要的问题必须搞清楚。

"镭比铅重吗?"

"我没称过,大人。"帅克回答道,脸上挂满甜蜜的微笑。

"你相信世界末日吗?"

"我得先看看这个末日再说。"帅克信口回答着。

"你能计算出地球的直径吗?"

"大人, 这我可办不到, 可是我有个谜, 不妨请大人们猜猜。有一所三层楼的房子, 每层有八面窗户, 屋顶有两扇天窗和两只烟囱, 每层楼住了两家房客。那么诸位, 请你们告诉我, 这座楼房看门人的奶奶是哪年死的?"

法医们个个不知所措, 然后其中一个又发问了:

"你知道太平洋最深的地方有多么深吗?"

"对不起, 大人, 我可不知道, 不过我可以相当有把握地说, 它比布拉格南边那条河要深。"

这时, 委员会主席干巴巴地问了声:"问够了吧?"

可一位委员又问了句:"1297 乘 1863 是多少?"

"729。"帅克连眼睛也没眨一下就回答说。

"我想已经足够了。"委员会主席说,"把犯人带走吧。"

"大人们, 受累了。"帅克毕恭毕敬地说,"我也觉得足够了。"

帅克走后, 三位专家根据精神病患者的种种症状, 一致认为帅克是个十足的白痴。于是他们就把他送到了疯人院。

▌情境赏析▐

一个帅克, 竟然需要三位专家共同会诊, 这些从表面上看, 似乎反映了司法程序的公正和严谨, 实际上完全不是那么回事, 三位专家会诊只不过说明了官老爷们对普通民众的肆意侮辱和人格践踏, 只不过是他们为了给自己枯燥的生活增加一点儿调料而已。而整个会诊过程, 其实是帅克狠狠地把他们戏耍、嘲弄了一把。当帅克回答"1297乘1863得729"时的一本正经的神情, 恐怕每个人读到此时都会忍俊不禁。

第四章

虽然帅克在疯人院很受欢迎，但是他还是被赶出了疯人院。

帅克后来形容疯人院里那段生活时，总是赞叹不已："那里的日子真快活。你可以大喊，可以乱叫，可以唱歌，可以跳舞，可以哭，可以笑，可以翻筋斗，也可以转圈跑。我喜欢待在疯人院里，在那儿我度过了一生中最畅快的日子。"

帅克在疯人院受欢迎的程度的确是大大出乎他的意料。在浴室里，他们用温水泡，又用冷水浇，一连洗了他三遍，帅克却说，那比查理大桥一带的公共澡堂要好。他们按照帅克的要求用海绵将他全身都擦干后，用一条被单把他裹起，然后把他抬到病床上，一再叮嘱他好好休息，帅克果真就在床上高枕无忧地睡着了。随后两个看护把他喊醒，给了他一盅牛奶，又像喂鹅似的喂他吃蘸了牛奶的白面包。然后他们又安顿他休息，可他刚一睡着，他们又把他喊醒，带他到诊室去。

帅克在两位大夫面前脱得精光，这使他回想起自己当年应征入伍时那令人自豪的日子。

"向前走 5 步，再向后退 5 步。"一位大夫说。

帅克走了 10 步。"我告诉你走 5 步的！"大夫说。

"我不怕多走几步。"帅克说。

于是，大夫吩咐他坐在椅子上，其中一位敲了敲他的膝盖，告诉另一位说，反射作用很正常。于是另一位大夫也来敲帅克的膝盖。这时，前一位大夫又掀起帅克的眼皮，检查他的瞳仁。然后两人就走到桌边，用拉丁文嘀咕了一通。

一会儿，一位大夫问道："你的神经状态检查过了吗？"

"在军队里检查过，"帅克庄重而自豪地回答说，"军医官宣布我神经不正常。"

"我看你是假装有病逃避兵役吧。"一位大夫嚷道。

"说的是我吗，大人？"帅克鄙夷地说，"不，我可绝不是装病逃避兵役的那种人。不信您到第 91 联队的值班室或者到卡林地区的地方后备队指挥部去打听打听。"

那位年纪较大的大夫无望地摆了摆手，指着帅克对看守人说："叫这个人穿上衣裳，把他带到第三号病房去。然后你们来一个人，把他全部的档案送到办公室，叫他们快点结案。"

大夫们又狠狠瞪了帅克一眼。帅克恭顺地向门边倒退，一边还感激涕零地鞠着躬。

看守人自从奉命把衣服还给帅克之后，就都不再理他了。办公室需要几天来完成打发帅克出院的文件。大失所望的大夫们在报告里宣称他是"智力低下、伪装生病的兵役逃避者"。由于他们急着在午饭前释放帅克，还闹了一场麻烦。因为帅克坚持说不能空着肚子被赶出去，院里的看门人只好叫巡警来把帅克带到警察局去才算了事。

┃情境赏析┃

让帅克赞叹不已、"真快活"的疯人院的生活很快就结束了，但不要以为这样帅克就可以回家过正常的生活了，因为本章结尾已埋下伏笔：报告里宣称他是"伪装生病的兵役逃避者"，预示着他的未来。因为战争马上就要开始了。

疯人院的美好时光一去不复返，接下来帅克进入充满磨难的日子。

帅克在疯人院里的美好时光已成过往，接下来就是充满磨难的日子。那个<u>凶得活像罗马皇帝尼禄仁政下的刽子手</u>的巡警布鲁安说："把这小子关到牢里去！"

布鲁安这话说得干脆利落。而且他在说这话时，眼里还闪烁着<u>一种古怪而反常的快意</u>。

帅克跟着布鲁安走进了警署的一间牢房。牢房里，一个人无精打采地坐在板床上沉思着什么，好似完全没觉察到牢门钥匙咔嚓的响声。

"您好，先生，"帅克坐到那人身边说，"几点钟了？"

那人绷着脸，一声不吭。接着他站起来，在牢门和板凳间踱着步。

这时，帅克饶有兴致地审视起墙上的题词来："绝不让你们抓住。一个未署名的囚犯在题词里发誓要跟警察拼个你死我活。"另一条写道："肥头大耳的家伙们，你们胡说八道！"还有一位满怀幽思的先生题了首诗：

> 闷来溪旁坐，
>
> 太阳入山隈。
>
> 阜丘映微光，
>
> 佳人犹未来。

这时，那个踱步的人终于停下了脚步，喘着气坐回原来的地方。他忽然双手抱头嚷道："放了我吧！"随后又自言自语道："不，他们不会放我的，不会的……"

忽然他又站起来问帅克："你有皮带吗？我干脆把自己结果了算了。"

因为这个人精神已经接近崩溃，所以帅克正话反说，意在鼓舞他活下去的勇气。

"很乐意帮你忙，"帅克边解皮带边回答，"我还没看过在牢里用皮带上吊的呢！可是这儿没个钩子，"帅克四下望了望，"窗户的插闩又禁不住你。你干脆跪在板凳旁边上吊吧。"

在帅克的语言刺激下，他又没有了死的勇气。

那人满脸愁容地望望帅克塞在他手里的皮带，把它扔到一个角落里，接着就呜呜地哭了起来。他一边用脏兮兮的手擦着眼泪，一边嚷着："我是有儿有女的人呀！天哪，我那苦命的老婆啊！"就这样哭了好半天以后，他又走到牢门口，用拳头在门上又捶又砸。伴随着一阵脚步响，门外一个声音问道："你要干吗？"

"放了我吧！"那人近乎绝望地说道。

对别人生命和尊严的肆意践踏和蔑视。

"放你去哪儿呢？"门外又问。随之响起的是一阵嘲笑声和渐渐远去的脚步声。

"看样子那家伙并不喜欢你。"帅克对那沮丧的人说道。

过了好半天，过道里响起了沉重的脚步声。牢门开了，一个巡警喊帅克出去。

"我不着急，"帅克豪爽地说，"我是 12 点才来的。这位先生比我等得久些。"

巡警没答话，直接用那强大有力的手把帅克拖到走廊，一声不响地将他带到二楼的第二间房子里。

房间里的桌子旁坐着一位警长，他高大魁梧，但样子看起来很和蔼。他对帅克说："你就是帅克，对吗？你怎么到这儿来的？"

"一位巡警带我来的，他们不给我吃午饭就把我从疯人院撵出来，我不答应，因为这也太不像话了。"帅克回答说。

"听我说，帅克，"警长和蔼地说，"我们凭什么跟你过不去呢？我们把你送到警察局去不是更好吗？"

"一切都听你们的，"帅克心满意足地说，"从这儿到警察局也算是一段不错的黄昏散步嘛。"

"我很高兴咱们在这问题上见解一致，"警长兴高采烈地说，"一致了比什么都好，对吗？"

"没错，商量着办事总是好的，"帅克回答说，"我永远不会忘记您对我的恩典，大人。"帅克深深地鞠了个躬，就在另一位巡警的看押下回到街上了。

在斯帕琳娜街的一角，一群人正围挤在一个告示牌周围不知看什么。

"那是皇帝的宣战布告。"巡警对帅克说。

警长看似和蔼，但他们的本质是一样的，他们作为扭曲制度下的产物，是不会对平民产生同情的。

"我早料到了，"帅克说，"可是疯人院里的人还不知道。其实他们的消息应当更灵通才是。"

"为什么呢？"

"因为那儿关着不少军官啊。"帅克解释说。

帅克的调侃真是无处不在。

当他们走近布告周围的人群时，帅克喊道："弗朗兹·约瑟夫万岁！这场战争我们必胜！"

穿过熙熙攘攘的人群，帅克重新踏进了警察局的大门。

▌情境赏析▐

描述了帅克在牢房里的一段经历，通过他的眼睛观察到了一个被关押得精神已接近崩溃的"犯人"，从"犯人"的哀求再到看守的冷漠和嘲笑的态度，表现了扭曲的社会造成了人性的扭曲，这些统治者的鹰犬、爪牙们在折磨无辜者的过程中获得变态的满足。而首尾相呼应，开头说接下来就是充满磨难的日子，结尾提到皇帝的宣战布告，说明战争即将到来。

▌名家点评▐

《好兵帅克》书拿起来就放不下了。当时我被帅克这位绝妙人物整个吸引住了。我对这本书有了相见恨晚之感，并且责怪把它列为幽默类，未免太轻率了。后来才知道，这部奇书是捷克有史以来的杰作之一。

——萧乾

当摩勒太太看见进来的是帅克时，不禁大吃一惊。

警 察局里弥漫着一股衙门气味，当局一直揣测着人们对战争的热心程度。除少数几个还能意识到自己是这个国家的子民，这个民族注定要为与它完全无关的利益而流血外，其余则是一批堂而皇之的政界猛兽，他们所考虑的不外乎监狱和绞刑架——他们就靠这些东西来维护那些横暴的法律。

审讯时，他们总是用一副恶意而又和颜悦色的嘴脸来对付他们的掌中之物："对不起，你又落在我们手里了！"那些人面兽心的审判官中的一个，对帅克说："我们都以为你会改过自新，但是，我们错了。"

帅克默默地点了点头，表示同意。他的神情是那么泰然自若，以致那位审判官不解地望着他，然后加重语气说："不要再在我们面前装傻！"

但他马上又换了客气的腔调接着说："我们并不愿意把你关起来，因为我认为你并没犯什么重罪。考虑到你的智力水平较低，我们认为你准是受人唆使。请告诉我，帅克先生，究竟是谁唆使你耍那套愚蠢的把戏？"

帅克咳了一阵，然后说："对不起，大人，您那愚蠢的把戏指的是什么？"

"据押送你的巡警说，"他装出一副长者口吻说，"你在宣战布告前招来一大群人，高呼着'弗朗兹·约瑟夫万岁！这场战争咱们必胜！'这种煽动难道不是愚蠢的把戏吗？"

"我不能袖手旁观啊，"帅克近似天真地解释说，"我看到他们念着皇家布告却没一点儿高兴劲儿，就像那事跟他们毫不相干似的，作为一名老兵，我实在是忍不住了，就嚷出声来了。大人，我想如果您处在我的位置，也一定会那么做。"

审判官被他说得没话讲了，他赶忙将视线移到公文上说："你这份爱国热忱我充分理解，不过我还是希望你能在别的场合去展现它。你明明清楚你的这种爱国言行也许会——或者说必然会被公众视为一种讥讽，而非出于庄重。"

"当一个人被巡警逮捕，那可是他一生中非同小可的时刻，"帅克回答说，"如果在这种时刻他还不忘自己的职责，我想这样的人应该不是个坏蛋吧。"

那些人面兽心的家伙们彼此瞪着眼睛看了看。

"这次先放过你，帅克！"一个官架子十足的家伙终于说话了，"如果你再被逮到这儿来，我们就不再客气了，明白吗？"

没等他说完，帅克冷不防地扑上前去，吻了吻他的手说："愿上帝保佑您，随便什么时候，如果您想要一只纯种的狗，尽管来找我。"

就这样，帅克重获自由，回家去了。

在路上，他想应该先到瓶记酒馆去看看。于是，他再一次推开被逮捕时走出的那扇门。

酒馆里死一般沉寂。几位顾客坐在那里，个个愁眉苦脸。

"喂，我回来啦！"帅克快活地对柜台后茫然的女掌柜说，"给我来一杯啤酒吧。帕里威兹先生呢？他也回来了吧？"

老板娘没回答，却哭起来，她抽泣着说："一个……星期……以前……他们……判了他……10 年……徒刑。"

"什么？"帅克惊诧道。

"他多谨慎呀，"帕里威兹太太还在哭，"他总是那么说。"

这时，客人们一声不响地付了酒钱走了，酒馆里只剩他们两人。

"那位布里契奈德先生还到这儿来吗？"帅克问道。

"来过几趟。他总是要一两杯酒，然后问我有谁到过这儿。他还偷听客人们谈论足球比赛。"

正说着，布里契奈德就走进了酒馆。他迅速地扫了一眼这空荡荡的酒馆，然后要了杯啤酒，在帅克身旁坐下。

"啊，原来是您呀，"帅克说着便握起他的手，"瞧我这记性，记得咱们上回是在警察局里见过吧。您这次有何贵干？"

"我是特意来找你的，"布里契奈德说，"警局那边说，你是个狗贩子。所以，我很想弄条捕鼠狗或猎犬什么的。"

"那简单，"帅克回答说，"您要纯种的还是杂种的？"

"我想还是来一条纯种的吧。"

"您干吗不来条警犬呢？"帅克问，"就是鼻子灵敏，能领您到犯案现场的那种。"

"我要条猎犬，"密探固执地说，"一条不咬人的猎犬。"

"那就来条没牙的猎犬吧？"

"呃……要不就来条捕鼠狗吧！"密探开始犹豫不定了。

原来他是接到警局的紧急指示：要他利用帅克贩狗的活动，进一步接近他。所以他有权动用公款买条狗。

"捕鼠狗有各种尺寸,"帅克说,"我知道有两条小的,三条大的,我敢担保你会喜欢它们。"

"也许合适,"布里契奈德说,"多少钱呀?"

"得看大小了,"帅克说,"捕鼠狗是越小越贵。"

"我想要一条大的看家用。"密探生怕将公款动用太多。

"好吧,"帅克说,"大的算您 50 克朗一条,再大的就 25 克朗吧。您是要狗崽子还是要大些的?公的还是母的?"

"都行吧,你替我预备好,明晚 7 点我来取,行吗?"

"当然!"帅克回答得很干脆,"可眼下这情形,您得先预支我 30 克朗。"

"没问题。"布里契奈德说着便把钱付给他。

帅克随后也付了酒钱回家去了。当摩勒太太看见用钥匙开门进来的帅克时,不禁大吃一惊,并用她一贯坦率的口气说:"我还以为您得好久才能回来呢。"

后来她含着泪水跟帅克说:"先生,咱们院里养的那两条小狗都死了。那条圣伯纳狗也在警察搜查的时候跑掉啦。"

"天哪!"帅克叫道,"摩勒太太,警察老爷们正在找我的麻烦,这下不知会有多少警官来买狗了。"

政权被颠覆后有人翻查警局档案,在"秘密警察费用"下面看到这些符号:B·40 克朗,F·50 克朗,M·80 克朗,等等。你可不要以为是什么叛国贼的人名缩写——其实,B 代表"圣伯纳狗",F 代表"猎狐犬",M 代表"猛犬"。这些奇丑无比的冒牌家伙都是密探从帅克那里买的。

后来那上面又增加了"R·90 克朗"一条,那是卡鲁斯密探向帅克买的一条苏格兰牧羊犬。不过，两个密探，谁也没能从帅克身上捞到什么。他们千方百计布置的圈套，都巧妙地被帅克引到如何给小狗医治犬瘟的话题上了。

情境赏析

　　帅克虽然被莫名其妙地放了回来，但并不代表警局完全放过他了，警局竟然要求密探以狗交易的理由进一步接近、监视他。本章第一段就说明了整件事的本质——他们就靠监狱和绞刑架维护那些横暴的法律，帅克不过是无数无辜的牺牲品中的一个。

第七章

待佣人坐下后，帅克从床上坐起来说："我要从军去了！"

奥地利军队在前线溃不成军，接连吃败仗。奥地利陆军总部忽然想到要起用老兵帅克，希望他能拯救处于危难中的奥地利帝国。

就这样，帅克接到了入伍通知，并限他一周内接受体检，当时帅克正躺在床上，他的风湿症又复发了。

"摩勒太太，你过来一下。"卧房里传来帅克平静的声音。

等女佣站到他床边时，帅克就用同样平静并略带庄重的语调说："请坐。"

待女佣坐下后，帅克从床上坐起来说："我要从军去了！"

"老天，您去干什么呀？"摩勒太太嚷道。

"打仗。"帅克用一种阴沉的声调回答说，"不论怎么看，奥地利的形势都很危急。所以他们才召我入伍。"

"可您的风湿症……"

"那没关系，摩勒太太，我要坐着轮椅去参军。街角糖果店的老板，多年前曾用轮椅推过他那瘸腿的爷爷出来透气。摩勒太太，你就用那种轮椅推我去从军吧！"

摩勒太太哭了起来："先生，我还是给您找个大夫来吧！"

"用不着。除了腿不听使唤，我的其余部分还是很适合当炮手的。国难当头，每个残疾人都应走上自己的岗位。"

但摩勒太太还是去找大夫了。大夫来时，帅克正在打盹。那身材魁梧的大夫唤醒帅克说："别紧张，我是帕威克大夫——把这个温度计夹在腋下——对，就这个样子——看看您的舌头——对，别动……"

于是，正当政府号召奥匈帝国各民族都要做出忠君报国的切实举动之时，帕威克大夫却在为帅克的爱国热忱开着镇静剂，并嘱咐这位骁勇的战士不要去想入伍的事。

"请好生静养，我明天再来。"

第二天他来了，在厨房里向摩勒太太询问病人的情况。

"更厉害了，大夫。夜里先生的风湿症又犯了，可他竟唱起国歌来啦。"

帕威克大夫只好加大镇静剂的分量。

第三天摩勒太太报告说帅克的病情更严重了："大夫，下午他叫我找战场的地图，晚上他就开始东想西想起来，说奥地利一定会得胜。"当大夫知道帅克根本没买药吃时，他发了火并发誓再不会管这样的病人。

还有两天，帅克就得去征兵委员会报到了，他做起了准备！叫女佣替他买了一顶军帽，又叫她从糖果店借了轮椅。另外，他觉得还需要一副拐杖，碰巧糖果店老板还保留着一副。最后他还让摩勒太太替他买了束胸前佩戴的鲜花。摩勒太太这几天消瘦了许多，她可是走到哪儿哭到哪儿啊！

在一个难忘的日子，布拉格街头出现了动人的一幕：一个老妇人推着一架轮椅，上面坐着一位头戴军帽的男子，帽徽明亮闪烁，外套上还有一束艳丽刺目的鲜花，一路上他不断地挥动拐杖喊着："打到贝尔格莱德去！打到贝尔格莱德去！"他身后的人群——开始是些没人理会的浪荡汉，后来人群就越聚越多了。

巡警们闻风而来，当帅克出示公文证明他是奉召去征兵委员会报到时，他们毫无办法。

针对此事，《布拉格官方新闻》发表了一篇文章：

残疾人热心爱国

昨日布拉格街头行人目睹了一幕可歌可泣的壮举。当国难之际，吾国男儿实乃忠君报国之最佳典范……身虽残，犹自愿投军，当街疾呼，以期为吾君主献出宝贵生命。民众莫不热烈赞许，亦足以彰明吾国国民对祖国及皇室之无限拥戴。

《布拉格日报》《波希米亚报》也以类似笔调报道了此事，有的媒体还要求对这位残疾的爱国志士加以奖励。

征兵委员会主席鲍兹大夫看不下去了。两个半月以来，在 11000 名壮丁中他检查出有 10999 名是在装病，逃避兵役。

这一天，帅克也一丝不挂地站在了他面前。

"此人神经不正常。"军士翻阅着档案说。

"你还有什么别的毛病吗？"鲍兹大夫问。

"报告长官，我膝盖因风湿症肿了。但纵使粉身碎骨，我也会效忠皇上。"帅克士气高昂地回答道。

鲍兹恶狠狠地瞪了他一眼，嚷道："你就是一个装病逃避兵役者！"然后冷冰冰地对军士说："把他关起来，马上！"

两个士兵用带刺刀的步枪押着帅克到军事监狱里去了。

摩勒太太推着轮椅在桥上等帅克，看到他被押解的时候，她流着泪丢下轮椅掉头就走。

　　走到雷迪兹基上将的纪念碑前时，帅克又对着人群喊道："打到贝尔格莱德去！打到贝尔格莱德去！"纪念碑上的雷迪兹基上将俯瞰着一瘸一拐的帅克。这时，一个一本正经的先生告诉行人说，他们押送的是一个"逃兵"。

┃ 情境赏析 ┃

　　第一段整段都是用嘲讽的语气在叙述，"老兵帅克负有拯救危难中的奥地利帝国的伟大重任"。而官老爷们似乎丝毫没认识到这一点，征兵委员会主席仍旧像对待其他下层民众那样，折磨、凌辱帅克，终于把他送进了军事监狱。

> 其余的人，连同三位奄奄一息的晚期肺结核患者，均被宣布为体质合格的可服兵役者。

逢此大时代到来之际，军医们念念不忘的就是拼命想办法赶走附在装病逃避兵役犯身上的恶魔。他们指出，装病逃避兵役者应受的酷刑分 5 个等级：

一、绝对的饮食控制，早晚只准饮茶；此外为了发汗，每次须随服阿司匹林一剂。

二、为避免他们误以为进军队都是吃喝玩乐，每人须服用大量金鸡纳霜粉剂。

三、每天用 1 升温水洗胃两次。

四、使用肥皂水及甘油灌肠。

五、用冷水浸过的被单裹身。

有些勇敢者五级酷刑全都受过了，就被装进一具简易棺材，送往军用墓地。那些胆小的则是刚到灌肠阶段就宣称病症全已消除，唯一的愿望就是跟随部队开往前线。

一到军事监狱，帅克就被关进一间茅棚病房里。里

旁注：

"大时代"本来是个褒义词，这里是用的反讽的手法，其实是糟糕的时代。

"勇敢者"是反讽的语气，这些酷刑折磨下来，人就已经死了，而被送往墓地。

看来，对他们的折磨是异常残酷的。

面已经关了好几个胆小的假病号，其中一个裹着被单的痨病鬼已经奄奄一息。

"这是本星期第三个了，"一人说道，"你有什么病啊？"

"风湿症。"帅克说完，周围的人，包括那个快咽气的痨病鬼都咯咯笑了起来。

"风湿症到这儿来可不中用，"一个肥胖的男子严肃地对帅克说，"风湿症不算什么病，就跟脚上长个鸡眼差不多！"

"最好的办法是装疯，"一个假病号说，"我一开始想装傻子、宗教狂，后来我改主意了，我花了15克朗，请街上一个理发匠给我弄了个胃瘤。"

"我认得一个扫烟囱的，"另一个病人说，"只要10克朗，他可以叫你全身发高烧，烧得你只想从窗口跳出去。"

"我这病已经耗掉我200多克朗了，"一个瘦得像只铁耙的人说，"我敢说天底下没有我没吃过的毒药：砒霜、鸦片、盐卤、硫酸……老实说吧，我的五脏六腑全都完蛋了。"

平民的厌战情绪严重，他们为了逃避白白送死的机会而无所不用其机。

"瞧，"帅克说，"为了皇帝你们受了多大的罪呀。从前我在军队时比现在还要糟。要是有人病了，他们就把他的胳膊倒绑起来，往牢里一丢，让他去养病。那儿可没有床和褥垫。"

查房时间到了。葛朗士坦大夫按床查着，一个军医处的传令兵拿着笔记簿跟在后边。

"马昆那！"

"有！"

"给他灌肠和吃阿司匹林。波寇尼！"

"有！"

"洗胃，吃金鸡纳霜。克伐里克！"

"有！"

"灌肠和吃阿司匹林。"

这种诊断是冷酷的、随意的，这根本不是在治疗，而是在谋杀。

诊断就这么一个接一个，无情地、迅速地进行下去。

"帅克！"

"有！"

葛朗士坦大夫盯了一眼这个新来的，"你有什么病？"

"报告长官，我有风湿症。"

葛朗士坦大夫用他惯有的、略带嘲讽的态度说："啊，你这个病可真不轻！多巧呀，早不来晚不来，偏偏在打仗征兵的时候来了。我想你心里一定非常着急吧。"

"报告长官，我确实非常着急！"

"哼哼，你着急哪。这刚一打仗，你的风湿症就来了，膝盖也不听使唤了吧？"

"报告长官，膝盖痛得厉害。"

"痛得整晚睡不着觉，对不对？风湿症很是危险，也很难受。我们这儿绝对有包你满意的办法。"

看这位大夫的治疗方式有多荒谬吧！

他转过身来对军士传令兵说："记下来，'帅克，绝对的饮食控制，每天洗胃两次，外加灌肠一次。'现在就把他带到手术室去，把胃洗个干净，等洗够了，再给他灌肠，灌得足足的，保管把他的风湿症吓跑了。"

然后他朝所有病床发表了一番充满机智和风趣的演说："你们千万别以为我是个傻瓜。我晓得，你们都是装病来逃避兵役的，对付你们这种兵，我可有自己的办法。你们的同胞在前线拼死拼活，你们却想赖着等战事结束。哼，可惜你们打错算盘了！"

"报告长官，"靠窗有人粗声地说，"<u>我的气喘完全好了。</u>"

"你叫什么？"

"克伐里克。报告长官，我同意灌肠。"

"好，出院以前还得给你灌肠，免得你埋怨我们没给你好好治病。全体注意，我念到谁，谁就跟军士去领自己的药。"

每个人都领到一大服药。

帅克像是很吃得住苦头，"别怜惜我，"他央求着给他灌肠的助手，"别忘记你曾经宣誓效忠皇上，一点儿也别留情。要记住，<u>奥地利全靠灌肠才能稳如磐石，胜利必将属于我们！</u>"

隔天葛朗士坦大夫查病房时问起帅克对军医院的印象。

帅克回答说这是所管理良好的机构。大夫另奖赏给他一份阿司匹林和三粒金鸡纳霜，叫他当场用水冲服下去。

估计苏格拉底当年饮他那杯毒人参汤时也没有帅克服金鸡纳霜那么泰然自若。

葛朗士坦大夫把各级酷刑都在帅克身上试过了。

呼应前文提到的"那些胆小的"他们已经对"治疗"心里恐惧。

我们可以想象帅克说出这句话时的严肃表情，多么令人忍俊不禁。

裹了湿被单，浑身打哆嗦也能想象出在海滨消夏。

当帅克裹了湿被单站在大夫面前时，他这样回答大夫的提问："报告长官，感觉就像在浴池里或在海滨消夏一样。"

"你还有风湿症吗？"

"报告长官，我的病好像还没见好。"

于是，新的折磨随之而来。

第二天早晨，几位体检委员会的军医来到病房。他们一本正经地走过一张张床铺，说："把舌头伸出来！"

帅克伸长舌头，看上去好不滑稽。

"报告长官，我把舌头全伸出来了！"

帅克和委员间由此开始了一段有趣的对话。帅克说，他之所以如此声明，是怕委员们疑心他有意把舌头藏起一半。

官老爷们已经被帅克弄得团团转。

委员们对帅克的判断各执己见，一半认为帅克是个白痴，另一半则认为他是个拿军纪当儿戏的骗子。

军医参谋长走近帅克说："我倒想知道你想捣什么鬼！"

"报告长官，我什么都没想。"

"混蛋！"一位委员的腰刀碰得铿然作响，气哼哼地说："原来他什么也没想！为何什么都不想呢？你这头蠢驴！"

"报告长官，因为军队禁止士兵想问题，所以我什么也不想。我从前的长官说过：'士兵一旦动起脑子来，就不再是士兵了，而是一个臭老百姓。'思想决不能……"

"住嘴！"委员会主任恶狠狠地打断帅克，"我们早知道你——你不是什么白痴。你就是个骗子、无赖、地痞，懂了吗?"

"报告长官，我听懂了。"

"我不是叫你住嘴吗?"

"报告长官，我已经听见了，您叫我住嘴。"

"我的天哪！那么你就住嘴！不许再废话！"

"报告长官，我知道您不许我废话。"

这帮军官们彼此交换了下眼色，然后喊来军士。

"把这个人带到办公室去，"军医参谋长指着帅克说，"等我们发落。这家伙不仅装病逃避兵役，他还胡扯，拿长官开玩笑。帅克，等你到了拘留所，他们就会叫你明白：军队并不是儿戏。"

当值班的军官在传令室里对帅克嚷叫说像他这样的人该枪毙的时候，委员们正在楼上病房里折磨着其他假病号。70个病号中有两人侥幸逃脱：一个给炮弹炸掉了一条腿，另一个真得了胃溃疡。

除了他们两个之外，其余的人，连同三位奄奄一息的晚期肺结核患者，均被宣布为体质合格的可服兵役者。

管老爷已经被戏耍得凶相毕露。

肺结核患者都能被认定体质合格，可见其荒诞程度。

情境赏析

军事法庭的狱中对待所谓的"逃避兵役者"是残暴、冷酷、荒谬透顶的，用洗胃、灌肠来治疗风湿症倒也真算得上伟大的发明！最为荒谬的是：奄奄一息的肺结核患者竟然是体质合格的！

名家点评

　　《绞刑架下的报告》作者伏契克对帅克这个人物产生的影响做出高度评价，说他仿佛一条虫子，在蛀蚀（奥匈帝国）那个反动制度时是很起劲的，尽管并不是始终都很自觉的；在摧毁这座压迫与暴政的大厦上，他是起了作用的。

——（奥）弗朗茨·卡夫卡

在第十六号牢房，帅克看到 19 个只穿短裤的人。

拘留所一向由看守长斯拉威克、林哈特上尉和绰号"刽子手"的军士瑞帕把持着。没人晓得有多少人在单身牢房被他们折磨致死。

看守长斯拉威克一见到帅克，就把他那粗大的拳头伸到帅克的鼻子底下说："闻闻，你这个蠢货。"

帅克闻了闻，然后说："我的鼻子可不想碰着它，它有股坟墓的气味。"

这句知趣的话让看守长很是满意。

"喂，站直啦！"他在帅克的肚子上捶了一下。"你的衣袋里有什么？香烟放在这儿，钱交出来，免得被偷。都拿出来了吗？可别撒谎呀，否则要你的小命。"

"把帅克这家伙关在哪儿呢？"军士瑞帕问。

"十六号。叫他跟那些只穿短裤的在一起吧！"看守长板着脸说："下流货就得把他当下流货来对付。谁捣蛋，就把他关到单人牢房去。瑞帕，你是怎么对付那个屠夫的？"

"哦，那家伙可费了我不少劲儿啊，大人！"军士若有所思地说，

"那家伙真结实,害我在他身上足足踩了 5 分多钟,他的肋骨才一一断掉。就那样,他还又活了 10 天。"

"清楚了吧,蠢货?"看守长又训斥帅克说,"谁要想开小差,那无异于自杀!上头派人来检查的时候,你可别想趁机告状!你要对那些来检查的人说:'报告长官,没什么可抱怨的,我十分满意。'给我重复一遍,你这废物。"

"报告长官,没什么可抱怨的,我十分满意。"帅克带着可爱的神情重复着,看守长误以为这是他坦白与诚恳的表现。

"好,把衣服脱掉,到第十六号牢房去。"

在那里,帅克看见 19 个只穿短裤的人。要是他们的短裤不脏,或是窗口没有铁栅栏,你会以为是置身于一间游泳场的更衣室呢。

帅克被移交给"监牢管理员"——一个衬衫纽扣没系、袒胸露腹的大汉,他把帅克的名字写在墙上贴着的一张纸上,然后对他说:"明天咱们要去看场戏。有人带咱们这些穿短裤的人去教堂听布道,肯定笑死人了。"

与所有蹲牢房的人们一样,拘留所里的人们也都喜欢教堂。他们倒不是认为去教堂能使他们与上帝更亲近,而是因为做弥撒和听布道能使他们暂时摆脱枯燥乏味的生活;他们并不在乎是否亲近上帝,倒是盼着在走廊里捡根雪茄或香烟屁股。

听布道本身也挺过瘾的,奥吐·卡兹神甫是个极有趣的人。他可以津津有味地聊着上帝的无穷恩德,也擅长从讲坛上发出精彩的咒骂,还可以在祭台上把弥撒大典搞得颠三倒四。他的说教几乎成为拘留所乏味生活里唯一令人振奋的事情。

奥吐,这位随军神甫中间的佼佼者,是个犹太人。他的经历很复杂。失败的从商经历使年纪轻轻的他不得不选择入伍。只是在这之前，他做了一件特别高尚的事——接受洗礼，为的是祈求基督保佑他官运亨通。于是奥吐·卡兹这位新出壳的基督徒便留在军队里了。起初他前途似锦，但有一天当他喝得酩酊大醉后，就变成了如今的神甫。

他布道之前从来不做准备，而人人却都盼着听他的布道。当十六号牢房的犯人们穿着短裤被领进教堂的时候，个个都显得纯洁庄严。拘留所里其余的犯人围在他们四周，开心地瞧着这 20 名穿短裤的"天使"。

神甫登上讲台，脚后跟的马扎子铿然作响。

"立正！"他喊道，"现在我们来祈祷，请跟我念。喂，那个站在后排的混蛋，别用手擤鼻涕。你们这群无赖，给我规矩点，但愿你们还没忘记'主祷文'。咱们来一遍。呃，我就知道你们准念不好。"

他从讲经坛上往下望着这 20 个穿短裤的纯洁天使——他们跟在场其余的人一样，开心得很呢。

"真不赖。"帅克小声对旁边一人说道。那是个嫌疑犯，据说为了帮助同伴脱离军队，他用斧子把自己的手指全剁了下来。

"你等着瞧吧，"那人回答说，"他今天喝得不少，就要唠叨起罪恶的荆棘之路了。"

果然，神甫这天的兴致极好。他激动地往经台边一靠，差点儿跌下来了。

"我赞成把你们统统毙掉，你们这群废物！"他接着说，"你们不愿意亲近上帝，却甘愿走罪恶的荆棘之路。"

"瞧，开始发作了。"那人很开心地小声说。

"那罪恶的荆棘之路呀，就是和那罪恶相搏斗的路。你们这些蠢货、浪子，宁愿在单身牢房里晃荡，也不愿回到天父身边来。可你们只要抬头往远处看看，就会战胜罪恶，灵魂就会得到安宁！喂，后边那个别打呼噜了好不好？我刚才讲到哪儿啦？记住，你们这群畜生，你们是人，应知万物皆是过眼浮云，只有上帝永生长存。我本应日夜为你们祈祷，求仁慈的天主把他的灵魂灌进你们冰冷的心里，用他圣洁的慈爱洗净你们的罪恶，求他永远收留你们这群歹徒。可是你们打错算盘啦，我可不愿把你们都领到天堂去。"说到这里，神甫打了个嗝，"我做梦也不会管你们的事，因为你们都是些不可救药的恶棍。听见了没有？嗨，就是你们，穿短裤的！"

那20名穿短裤的人仰起头来，异口同声地说："报告长官，听见了。"

"单单听见了还不够，"神甫接着讲道，"人生布满阴云，上帝的笑容也不能解脱你们的愁苦，你们这群没脑子的贱货，你们别以为我到这儿来是给你们消遣解闷或寻开心的。你们永远不会亲近上帝的。"

穿短裤的人中间响起一声呜咽，那是帅克。他哭了。

神甫往下一看，帅克站在那里正用拳头擦着眼睛。

神甫指着帅克继续说："你们都来学学这个人。他干什么呢？他在哭啊。今天我们亲眼看见一个人感动得流了泪，他要改邪归正。而你们呢？什么也不做。那边有个人居然在衬衫里捉虱子呢，这可是在上帝的宫殿里！你们应当先忙着追求上帝，虱子回去再捉也不晚。我就说到这里了。你们这群流氓，做弥撒时给我规矩点儿，不要像上次那样。"

神甫走下讲经坛就进了圣器室，看守长也跟在后面。不一会儿，看守长出来径直走向帅克，把他从穿短裤的人群中叫出来，领进圣器室。

神甫悠闲地坐在桌子上，手里卷着一根香烟。看见帅克进来，他就说："对，我要的就是你。孩子，我觉得我看透了你。从我到这以来，你还是头一个听我布道时流下眼泪的。"

他从桌上跳下来，摇摇帅克的肩膀。他在一幅巨大而模糊的撒勒斯的圣·弗朗西斯像下嚷道："招认吧，你这恶棍，刚才你是装哭的吧？"

此时，弗朗西斯的画像似乎也带着质疑的神情凝视着帅克。另一幅画像上，一位胯部被罗马士兵锯穿的殉道者也不安地望着帅克。

"报告神甫大人，"帅克很庄重地说，他决心孤注一掷了。"我在全能的上帝和您——可敬的神甫面前坦白，我刚才是假装的。我琢磨着您的布道需要一个想悔过自新的罪人，而这又是您始终没有找到的。因此，我想帮您个忙，让您觉得世上还有几个诚实的人存在。当然，借此我自己也可以开开心。"

神甫将帅克那天真无邪的模样仔细打量了一番。一道阳光从弗朗西斯阴沉沉的像上掠过，也给那位心神不定的殉道者的像上添了一股温暖的气息。

"这么一说，我倒有点喜欢你了。你是哪个联队的？"神甫说着回到桌旁坐下来。

"报告大人，我都不知道自己应该属于哪儿。"

"那你为什么到这儿来呢？"神甫问道，继续打着嗝。

"报告大人，这个我实在搞不清，我总是倒霉，就像那幅挂像上的殉道者。"

神甫望了望挂像，笑着说："我还越来越喜欢你了，我得向军官们打听打听你的情况。好了，我不能再跟你闲扯了。我得把弥撒搞完。归队！"

帅克回到那群穿短裤的伙伴中间，他们问他神甫把他叫到圣器室去干什么，他干脆地回答说："他喝多了。"

大家都用极大的兴趣和毫不掩饰的赞许望着神甫的新表演——他主持的弥撒。

到场的听众们怀着极大的审美情趣欣赏着神甫反穿的祭袍，并以一种热切的心情注视着祭台上的一举一动。

红头发的辅祭，一个逃兵加盗窃专家，正拼命从记忆里搜索着弥撒的全套程序和技巧。因为神甫把整段整段的经文念得颠三倒四，并开始诵起耶稣降临节的祷文来。大家听了倒都十分开心。

"他今天的劲头儿真足。"祭台下的人们心满意足地说。

神甫的声音就像印第安人的呐喊，把窗户震得直响。终于他做出一个腻烦了的手势，对听众说："完了，你们这群混蛋可以回去了。我看得出在至圣的天主面前，你们并没有表示出应有的虔诚。下回再要这样，我就要你们尝尝人间地狱的滋味！解散！"

神甫要走时想起了帅克，于是他走进军事法官的办公室。

军事法官勃尔尼斯是一个好交际的人，一个跳舞行家，也是一个道德败坏者。他总是把记载着起诉细节的公文遗失，于是他只好编造新的。他还张冠李戴，随心所欲地杜撰一些罪名，捏造起诉书。

跟勃尔尼斯闲聊了几句后，神甫说："我需要个传令兵，今天我发现一个家伙，他为了跟我开玩笑，在布道时竟抹起眼泪来。我倒需要这么个家伙。他叫帅克，是十六号牢房的。我想知道他犯的是什么罪，可不可以想个办法把他调出来。"

法官找起关于帅克的公文，结果跟往常一样一无所获。

"准是在林哈特上尉那里，天知道这些公文怎么失踪的。我肯定是把它们送给林哈特了，我马上给他打个电话……喂，长官，我是勃尔尼斯中尉。请问您那里有没有一个叫帅克的人的公文……该在我手里？那可真奇怪啦……他在十六号牢房……是呀，长官，十六号牢房归我管。可是我想帅克的公文也许在您的办公室吧……怎么？喂，喂……"

勃尔尼斯在桌旁坐下，对于档案管理上的混乱状况大为不满。他同林哈特上尉间的矛盾有些日子了，而且彼此互不相让。

"这么说，帅克的卷宗丢了，"勃尔尼斯说，"那我把他叫来，如果他招不出什么罪，我就把他放了，调给您。其余的就随您的意思去办吧。"

神甫走后，勃尔尼斯把帅克提来。问道："帅克，你闹了什么乱子？你是愿意自己招认呢，还是等别人来告发？我们不能老这么拖下去呀。你若想从轻发落，唯一的出路就只有自己先招认。"

帅克沉默得像一座坟墓。"那么你是不想坦白交代了？"勃尔尼斯又说，"你应该先告诉我，别等我来揭发你呀。"

法官用锐利的眼神打量了帅克一番，可他简直摸不着头脑。站在他面前的这个人身上散发出一股满不在乎和天真无邪的神气，气得他只好在办公室里踱来踱去。要不是他已答应把帅克调给神甫，天晓得帅克会是个什么下场。

最后，他在桌旁站住了，说："你听着，我要是再碰上你，一定给你点儿厉害看。带下去！"

帅克被带回牢房。法官派人把看守长斯拉威克喊来。

"把帅克移交给卡兹先生处理。"他简单地吩咐着，"写好他的释放证，派两个人把他押到卡兹先生那里。"

"长官，要给他戴手铐脚镣吗？"

法官用拳头在桌子上捶了一下。

"混账！我不是明明告诉你把他的释放证写好吗？"

　　勃尔尼斯这一天跟林哈特上尉以及帅克打交道所积下的怨气，一下子像瀑布般地全泻到看守长头上了。他最后说："你是我这辈子碰上的第一号大笨蛋！"

　　看守长对此很气恼，从法官那里回来的路上，他伸脚就朝被罚来打扫过道的囚犯踢去。

　　帅克也因而在拘留所里多享受了一个晚上，第二天早晨才在两名士兵的押送下前往神甫那里。

情境赏析

　　在拘留所，帅克结识了他的第一位"恩人"——奥吐·卡兹神甫，他用那天真无邪的动作和表情征服了神甫。在开头部分，表明在拘留所，根本没有人把他们当人来看待，这些"穿短裤的"要去教堂听布道都要笑死人，说明了他们的地位。

神甫喝醉了，这情景真是让人啼笑皆非。

帅克当上神甫的勤务兵已经整整三天了。在这期间，他只见过神甫一次。第三天，一个从海尔米奇中尉那里来的勤务兵通知帅克去接神甫。

路上，那个勤务兵告诉帅克说，神甫和中尉吵了一架，把钢琴都砸坏了，醉得不省人事，怎么也不肯回家。海尔米奇中尉也醉了，神甫被赶到过道上，在门边就地睡着了。

帅克到了现场，摇醒神甫，敬礼说道："报告长官，我来了。"

"你来干什么？"

"报告长官，我来接您的。"

"接我到哪儿去呀？"

"长官，回家。"

"回家？我不是在家里了吗？"

"报告长官，您正躺在别人家的地板上。"

"可是……我……怎么到了这儿的？"

"报告长官，您是来拜访的。"

"不……不……不是拜访，你……你这话错了。"

帅克扶起神甫靠墙站住。神甫紧紧靠着他，嘴里说着："我要摔倒了！"然后，傻笑了一阵，又打起盹来。

帅克只好再把他叫醒。

"干什么呀？"神甫想贴墙坐起来，"你到底是什么人呀？"

"报告长官，"帅克回答道，同时把神甫按在墙边，"我是您的勤务兵。"

"我没有勤务兵。"神甫吃力地说，他企图再栽回帅克的身上。两个人纠缠了一阵，最后帅克胜利了。他趁势把神甫拖下楼去。

到了门厅，神甫怎么也不出门。"我不认得你，"他死死抓住门框，"你认得奥吐·卡兹神甫吗？我就是！"

帅克对神甫也不客气了："我告诉你，松开手，不然我就痛揍你一顿。我们现在就回家去，你住嘴！"

神甫松开了门，帅克把他拽到街上，沿着人行道朝回家的方向拖。

"那家伙是你什么人呀？"街上看热闹的有人问道。

"我哥哥，"帅克回答道，"他休假回家，一看见我就高兴得喝醉了，因为他以为我已经死啦。"

神甫听懂了最后几个字，站直身子朝路人说："你们谁要是死了，三天之内必须向警局报到，我好给你们的尸体祝福。"

随后他又一声不响了，但却一个劲儿地往人行道上栽，帅克就拖着他往回拽。神甫的脑袋往前耷拉着，两只脚拖在后边，就像一只折了腰的猪那样晃荡着，嘴里还嘟囔着："愿主和你同在……"

走到雇马车的地方，帅克扶着神甫靠墙坐下，就来跟马车夫们讲价钱。讲了半天，一个马车夫才答应拉他们。

帅克掉过身来，发现神甫已经睡着了。他头上戴的一顶圆顶礼帽也给人摘下来拿走了。

帅克把他叫醒，马车夫帮他把神甫抱进车厢。神甫在车厢里神志完全昏迷，把帅克当作了七十五联队的朱斯特上校，反复咕哝说："长官，您高抬贵手吧，我知道我是个痞子。"

过了一阵，马车和地面的磕碰似乎把神甫震醒了。他坐直身子开始哼了几句谁也不懂的歌，但紧接着又不省人事了。他掉过头来向帅克眯起眼问道："亲爱的夫人，您今天好吗？"

歇了一阵又说："您到哪儿去避暑了？"

神甫眼前一切都是模糊的，他突然指着帅克说："原来您已经有这么大一个儿子了？"

"坐下！不然我就教你点儿规矩，我说话算数。"帅克嚷道。

神甫立即安静下来。一路上，帅克都毫不留情地对付着神甫。每逢他使出种种可笑的办法想跳出马车，或是打坏座位等，帅克就朝他的肋骨狠狠揍几下。神甫对这种待遇已经无动于衷了。

忽然，神甫哭了起来，眼泪汪汪地问帅克可有个妈妈。

"我呢，孤身一人，可怜可怜我吧！"他在马车里喊着。

"住嘴，别再给我丢脸了，不然大家就都说你喝醉了。"帅克说。

"我没喝醉呀，"神甫说，"我清醒得很呢。"

他忽然站起身来，行了个军礼，说："报告长官，我喝醉了。"接着他用德语绝望地说着："我是条肮脏的狗，我是条肮脏的狗……"

然后他掉过头来对帅克不停地央求说："把我推下去吧。你为什么不把我推下去呢？我不会跌伤的。"

"我跌的时候一定要鼻子朝地。"他用很坚决的口气说，接着他又恳求说，"嗨，老伙计，你给我来一巴掌吧。"

"你要一巴掌还是几巴掌？"帅克问道。

"两巴掌。"

帅克马上照他的意思办了。

"费心啦！"神甫喊道，"现在我可心满意足了。嗨，把我的坎肩给撕了吧，劳驾。"

他提出各种离奇古怪的要求：把他的脚踝骨给扳脱节，把他闷死一会儿，剪他的指甲，拔他的门牙……他表现出一种急于做殉道者的渴望，还要求把他的脑袋割下来丢到河里去。

有一阵子他变得凶猛起来，企图把帅克从座位上推下去。等到帅克大大方方地把他制伏以后，神甫就问道："今天是礼拜一，还是礼拜五？"

说着说着他又诗兴大发，完全沉浸在诗一般的情绪中，开始谈起如何回到那充满了快乐和温暖的阳光下。

马车总算到达目的地了。把他弄下马车来可真不容易。

"我们还没到呢！"他嚷着，"我还要接着往前走！"

就像把一只煮熟的田螺硬从它的壳里挖出来一样，神甫也是那么硬从马车上给拖下来的。最后，他被拖进门厅，拽上楼梯，推进卧房。在那里，他就像只口袋一样被丢在沙发上。他声明他决不付马车钱，因为那不是他喊的。忽然间，他又慷慨起来，把钱夹丢给马车夫说："全拿去吧。多一个铜板少一个铜板我不在乎。"

其实准确地说，他当然不在乎区区 36 个铜板，因为他的钱夹里一共只有那么多。车夫又从神甫坎肩口袋里搜出一枚 5 克朗的银币才走，一直抱怨着自己真倒霉。

神甫好半天还没入睡，因为他不断想着再玩些新的花样。他什么都想干：弹钢琴，练跳舞，炸鱼吃，等等。但是，终于他还是进入了梦乡。

第二天早晨当帅克走进神甫的房间时，看到他斜倚在沙发上，心情很沮丧。

"我记不清是怎么从床上跑到沙发上的了。"神甫说。

"长官，您压根儿就没上过床。一回来我把您扶上沙发，就再也无力往别处弄了。"

"我都干了些什么事？我是喝醉了吗？"

"您醉得一塌糊涂，"帅克说，"说实话，您还撒过一小阵酒疯。长官，您最好还是换身衣服，洗一洗。"

"我觉得我好像给谁狠狠揍过一通似的，"神甫抱怨说，"而且，我口渴得厉害。昨天我闹得凶吗？"

"没什么，长官。至于您口渴，那是因为昨天您喝多了。"

神甫此时无精打采，心情郁闷。那阵子谁要是听他讲话，准会以为他经常去听禁酒主义者的演讲呢。

"白兰地是毒药，"他斩钉截铁地说，"必须是正牌货才行，甜酒也是一样。要是我此刻有点真正的樱桃白兰地酒就好了，它对我的胃一定有好处。"

他开始翻衣袋找钱夹。

"好家伙，就剩 36 个铜板了。把这沙发卖掉好不好？"他想了一想又说："算了，沙发还是留着吧。你去找施拿贝尔上尉，看他肯不肯借我 100 克朗。前天打牌他赢了点钱。要是他不肯，你就到维尔索微斯兵营去找马勒中尉试试看。再不成就去哈拉德坎尼找费施尔上尉，告诉他我得付马料钱。要是他也不答理，咱们只好把这架钢琴当掉，管它三七二十一。你就说我已经到了山穷水尽的地步，爱怎么编就怎么编吧，只要别空着手回来，否则我就把你送到前线去。还有，问施拿贝尔上尉在哪儿买的樱桃白兰地，替我也买上两瓶。"

帅克把事情办得很漂亮。他天真和诚实的样子使人们完全相信了他说的话，而他所说的神甫付不出私生子津贴的话也赚足了他们的同情。

当他带着300克朗凯旋的时候，神甫大吃一惊。

"我在那三家都弄到手了。"帅克说，"事情一点儿都不难办，尽管施拿贝尔上尉那里我央求了好半天。哼，那家伙可坏透了。但是当我告诉他私生子津贴的话……"

"私生子的津贴？"神甫吓了一跳。

"是啊，长官，您不是要我随便编吗？"

"你可把事情给搞糟啦，"神甫抓着脑袋在房里踱着，"唉呀，我脑袋痛死了。"

帅克辩解说："我得想个说法，不能让他们把我搪塞住。现在外边有人等着搬那架钢琴呢，我把它也给当了。钢琴弄走就好了，既腾出地方，又有了钱。咱们这下暂时总不愁没钱花了。要是房东问起，我就说断了几根弦，送去修理了。我已经跟门房太太招呼过了，免得他们大惊小怪。沙发我也找到主顾了，一个旧木器商要了。如今一只皮沙发值不少钱哩。"

"你还干了些别的什么没有？"神甫问，仍旧捧着脑袋，样子很沮丧。

"报告长官，您叫我买的那种樱桃白兰地，我买了5瓶。您看，现在我们手里有了存货，就再也不会在酒上闹饥荒了。趁着当铺这时候还没关门，让他们把那架钢琴抬走好不好？"

神甫无可奈何地摆了一下手。一转眼，钢琴已经被搬上货车运走了。

当帅克从当铺回来时，发现神甫坐在一瓶开了塞的樱桃白兰地面前，正醉醺醺地为中午的肉排没炸透发着脾气。

他向帅克表示从明天起一定要重新做人，因为喝烈性酒是不折不扣的唯物主义，而人必须要有一种精神生活。

他这种哲学论调谈了足有半个钟头，其间旧木器商来拿走了沙发，后来神甫又和帅克说了一番体己话，边说边喝着第四瓶酒。但是到了晚上，情况又变了——神甫又恢复到前一天的样子，把帅克当成是另一个人。

那牧歌式的插曲一直上演到帅克对神甫说："够了，现在给我滚上床去乖乖睡吧，听见了吗？"

"我去睡，亲爱的，我这就滚上床去，"神甫咕哝着，"记得吗，咱们同在第五班待过，我还替你做过希腊文练习题呢！"

帅克硬拽下他的靴子，再为他脱下衣裳。神甫唯唯诺诺，但又同时对着碗柜说："你们看，我的亲戚对我多么凶呀！"

"我不认这帮亲戚了！"忽然他用坚决的口吻说，一面钻进被窝去，"就是天地都跟我作对，我也不认他们啦。"

于是，屋子里回响着神甫的鼾声。

帅克抽时间去探望了一下他的老佣人摩勒太太。门是摩勒太太的表妹开的。她向帅克哭诉说，摩勒太太用轮椅把帅克推去入伍那天也被捕了。他们把她送到军事法庭去审讯，由于找不到可以问罪的证据，就把她弄到施坦因哈夫集中营去了。她只来过一张明信片。帅克拿起家里那份珍藏的遗物读道：

亲爱的安茵卡：

我们在这儿过得很舒服，一切平安。我隔床那人出了水痘……这儿也有得天花的……还好一切都还正常。我们的食物紧缺，有时得捡土豆……我听说帅克先生已经……你打听

一下他埋在哪里，等打完仗好给他坟上放点鲜花。忘了告诉
你，阁楼的角上还有一只小狗，估计已经几个星期没的下肚
了……所以我想要喂已经太晚了……

信上横盖着一个粉色的戳子，上面写着："此函已经帝国及皇家
施坦因哈夫集中营检验。"

帅克也到瓶记酒馆看了看，那里没什么太大变化，但帕里威兹太
太一看见他就说不卖酒给他，说他多半是开小差出来的。

帅克回去的时候已经是深夜了，神甫还没回家。他到天亮才回
来，叫醒帅克说："明天咱们给野战军做弥撒。去煮点黑咖啡，或者
做点淡甜酒更好。"

▌情境赏析▐

给神甫当勤务兵，帅克似乎又恢复了随意、舒适的生活，神甫也
似乎把帅克当成了朋友，但事实真的是这样吗？帅克的安逸生活是否
会持续下去？不过，也有个不幸的消息，佣人摩勒太太竟然也被逮捕
了，估计也是叛国罪一类的罪名吧？

第十一章

> 对于神甫的暗号，帅克表现得机警而又有把
> 握，弥撒顺利地进行着。

屠杀人类的准备工作，大都是假借上帝或人们虚构出的神灵的名义来进行的。犯人上绞架的时候也总有神甫登场，折腾犯人。

世界大战这个屠宰场上自然也少不了神甫们的一番祝福。所有军队的随军神甫们都要做祈祷、举行弥撒，替给他们饭碗的那一边祈求胜利。

参加兵变的人被执行死刑的时候，必定有神甫在场。处死捷克军团的成员时也有他们在场。

整个欧洲，人们就像牲畜般被赶往屠宰场，赶他们的除了一帮屠夫——皇帝、国王、总统和权势显赫的将军之外，还包括各种教派的传教士。

战地弥撒总要上两台：一台是在军队开往前线的时候，一台是在爬出壕沟去流血、屠杀之前。

帅克煮的淡甜酒非常可口，远比那些老水手们酿得好，就是18世纪的海盗们喝了也会称好的。

神甫十分高兴。"你在哪儿学来的本事，煮一手这么好喝的淡

甜酒？"

"多年前不来梅一个放荡不羁的水手教我的，他说淡甜酒应该浓到足够叫一个人游过整个英吉利海峡。"

"帅克，肚子里喝进这种淡甜酒，咱们这次战地弥撒一定会做得很棒。"神甫说，"可临走之前我得告诉你，做一台战地弥撒可不是儿戏，可不像在拘留所里给那群混蛋布道一样。你得掏出看家本事。我们有一座露天祭台，就是可以折叠起来那种袖珍祭台。咱们的圣体匣是从布里沃诺夫修道院借来的。我本有一只自己的圣杯，可是那玩意儿在……"

他沉思了一会儿："就算它丢了吧，那咱们可以把第七十五联队魏廷格尔中尉的银杯借来用用。那是从前他代表俱乐部赛跑得来的奖品，昨天我跟他都说妥啦。"

野战祭台是维也纳的莫里兹·马勒尔——一家犹太人开的公司制造的，他们专门制造各种圣像和做弥撒用的器物。祭台由三面折叠而成，上面涂着厚厚的金箔，就跟所有圣殿一样金碧辉煌。井台上的版画寓意深刻，但却难以辨认，只有一个人像极为突出：一个一丝不挂的男人，头上现出光圈，通身发青。他的两侧各有一个长了翅膀的东西，原本代表天使，但样子却活像传说里的妖怪。

帅克把这座露天祭台妥妥帖帖地放进马车，然后自己跟赶车的坐在前面，神甫一个人舒舒服服地坐在车厢里头，两只脚搭在象征着三位一体的祭台上面。

这时士兵们在演习场上已等得不耐烦了。因为帅克和神甫除了到魏廷格尔中尉那里去借银杯外，还得到布里沃诺夫修道院去借圣体匣、圣饼盒和其他做弥撒的器物，包括一瓶进圣餐用的酒。而这也足见做一台战地弥撒并非易事。

"我们干这活儿全凭一阵心血来潮！"帅克对马车夫说。

他说对了。他们到了演习场，神甫走上了祭台，这时他才发现他忘记叫辅祭了。

"没关系，长官，我可以顶他。"帅克说。

"你懂得怎么做吗？"

"我可从来没做过，"帅克回答说，"但不妨试一试。一打仗人人都在做着过去连做梦也不会做的事。我想，也不过是在您讲完'上帝降福于你们'之后，我扯上一句'与你们的灵魂同在'就成了吧！然后再像只猫似的围着您绕上一阵，给您洗手，把酒从杯里倒出来……"

"好吧，"神甫说，"你可别替我斟水呀。你最好马上把第二只杯里斟上酒。反正我会随时告诉你该怎么走。如果我轻轻打一声口哨，那你就朝右边走；两声，就是左边。祷文你也用不着发愁。你心里不紧张吧？"

"长官，我没什么可害怕的。"

事情很顺利地过去了。

神甫的布道很简练："士兵们！今天我们在这里集会，是为了在你们奔赴战场之前将你们的心转向上帝，求他赐给咱们胜利，保佑咱们安康。我就不多说了，祝你们好运！"

靠近祭台的士兵们都很奇怪，不知神甫为什么在做弥撒时老打手势。而帅克则对暗号表现得机警且准确。他一下走到祭台的右边、一下又转到左边，嘴里还不停地念着："与你们的灵魂同在"，看来简直就像是印第安人在围着祭台跳舞。

最后只听得一声"跪下祈祷"，顿时尘土飞扬，一片灰色制服纷纷朝魏廷格尔中尉的银杯屈膝跪倒。

银杯里的酒盛得满满的，神甫摆弄那酒的结果是——用士兵们私下交谈的一句话来形容——"他一饮而尽了"。

这种表演重复了一遍。然后又是一声"跪下祈祷",接着,军乐队奏起了《主佑我等》的调子,士兵们列队离去。

"把那些玩意儿都捡到一起,"神甫指着露天祭台吩咐帅克说,"我们好把它们物归原主。"

于是,他们又同马车夫一起回去了,除了那瓶进圣餐用的酒,其他器物都规规矩矩地归还了。

到家以后,帅克先吩咐那倒霉的车夫去司令部领他这趟长途生意的车钱,然后帅克问神甫:"长官,辅祭和主持的人必须是同一个教派吗?"

"当然,要不然弥撒就不灵啦。"神甫回答说。

"那么,长官,刚才可铸成大错了,"帅克说,"我什么教派都不是。"

神甫沉默了一下,然后拍拍他的肩膀说:"瓶子里还剩下一点儿圣餐用的酒,你把它喝掉就是教会的人啦!"

▌情境赏析▐

神甫与帅克的初次合作还算完美和愉快,可正像本章开头所说:屠杀人类的准备工作,大都假借上帝或神灵的名义来进行。他们的工作只不过是给那些即将赴战场的炮灰以心理上的安慰罢了。

> 帅克的好日子没有维持多久，他就被神甫卖给了卢卡什中尉。

一

帅克的幸福时光还没享受多久，残酷的命运便割断了他与神甫之间的友情。如果说神甫之前让人觉得可亲的话，那么，他后来的所作所为，注定会将这些美好的地方一扫而光。

他居然把帅克卖给了卢卡什中尉！更确切些说，他在玩纸牌时，像从前俄国买卖农奴那样，把帅克当赌注输给了中尉。

事情发生得有些出乎意料。一天，中尉卢卡什请客，席间他们玩起扑克来。

神甫输了个精光，最后他说："拿我的勤务兵做抵押，您可以借我多少钱？他可是个与众不同、空前绝后的家伙。"

"我就借给你 100 克朗，"卢卡什中尉说，"如果到后天还不能还钱，你那件宝贝可就是我的了。我目前的勤务兵糟透啦，整天耷拉着脸子不说，还偷东西。我把他的门牙都敲掉了几颗，仍然不管用。"

"那么一言为定，"神甫很快回答说，"后天还不上你 100 克朗，帅克就归你啦。"

100 克朗输光了，神甫无奈地起身回家。他清楚自己在规定的期限以内绝不可能凑足那 100 克朗——实际上他已经卑鄙无耻地把帅克卖掉了。

"我真傻，当初要是说 200 克朗就好了。"他嘟囔着。但是换电车时，他心里还是不禁生出一阵自责的情绪。

"这件事我干得真不地道。"他一面思忖着，一面拉着门铃，"叫我怎么面对他呀，该死的！"

"亲爱的帅克，"他走进门来说，"我的牌运晦气到家了，我输了个精光。哦……到最后，我把你也给输了……我拿你当抵押，借了 100 克朗。如果后天我还不上，你就归卢卡什中尉啦。"

"我有 100 克朗，我可以借给您。"帅克说。

"那快拿来，"神甫精神抖擞起来，"我马上给卢卡什中尉送去。我可真不愿跟你分开。"

卢卡什中尉见神甫回来，很是惊讶。

"我是来还你那笔债的，咱们再押它一注，输赢加倍！"神甫底气十足地说。

可才到第二轮，神甫就已经把帅克用来赎身的那 100 克朗全输掉了。

回家的路上，神甫知道这下子是彻底完了，帅克命里注定得替卢卡什中尉当勤务兵了。

当帅克为他开门后，神甫对帅克说："帅克，没办法了。我把你和你的 100 克朗全输掉了。我已经尽力了，但命运捉弄人——看来我们分别的时候到了。"

帅克表现得异常平静，后来他又做了点淡甜酒。到了深夜，帅克十分吃力地把神甫安排上床去时，神甫淌下了眼泪，呜咽着说："我出卖了你，朋友，没脸没皮地把你给卖啦。你狠狠骂我一顿吧，揍我几下也行！随你怎么办，我活该！你知道我是什么吗？"神甫那满是泪痕的脸埋在枕头里，用虚弱的声音咕哝着，"我是个十足的坏蛋！"

说完，他沉沉地睡去了。

第二天，神甫躲闪着帅克的眼光，一早就出去了，到深夜才带着一个胖胖的士兵回来。

"帅克，"他说，"你得告诉他东西都放在哪儿，再教教他怎么做淡甜酒。明儿一早你就到卢卡什中尉那里去报到吧。"

于是，第二天早晨，卢卡什中尉头一次见到了帅克那张坦率、憨厚的脸庞。帅克说："报告长官，我就是神甫玩牌输掉的那个帅克。"

二

军官们使用勤务兵古已有之，似乎亚历山大大帝就有自己的马弁。但令人奇怪的是，还从来没人写过一部马弁史。如果写出来，其中一定会有一段关于在吐利都包围战中，阿尔玛威尔公爵弗南杜没有加盐就吃掉他的马弁的故事。公爵在他的"回忆录"里还专门描写过此事，并且说他的马弁的肉很鲜嫩、很柔韧，那味道介乎于鸡肉与驴肉之间。

马弁(biàn)

时代不同了，现代的这些马弁中间，很少有人能克己到肯让自己的主人不加盐就把自己吃掉。甚至还有这种事情发生过：军官们在跟自己的勤务兵做殊死搏斗的时候，得使用一切想得出来的手段来维护他们的权威。1912年就有一位杰出的上尉在格拉兹受到审讯，因为他把自己的马弁活活踢死了。可最终他还是被释放了，原因是他总共只干过两回这种事。按照那些老爷们的高见，勤务兵的命是一文不值的。

三

卢卡什中尉是风雨飘摇的奥地利王国现役军官中的一个典型。士官学校把他训练成了一种两栖动物。在大庭广众之下，他嘴里说的是德语，笔下写的也是德文，但他读的却是捷克文书籍。而每当给一批纯粹的捷克籍志愿兵讲课的时候，他就会用一种体贴的口吻对他们说："咱们都是捷克人，但没必要叫人家知道啊！"

他把捷克籍视为某种秘密组织，自己离得越远越好。除此之外，他人倒不坏。

他虽身为中尉，但从不骂人。对待士兵他还算得上公道，但对他的勤务兵，他却总是憎恶有加，因为不巧他总是碰上一些最糟糕的勤务兵。他曾用劝说和行动——他曾经打过他们嘴巴、捶过他们的脑袋——设法去改正他们，可结果往往都是徒劳的。勤务兵换来换去，没个停，末了他只得叹口气说："又给我派来了一头下贱的畜生。"

帅克向卢卡什中尉报到以后，中尉把他领进房间里说：

"卡兹先生把你推荐给我，我希望你不要给他丢脸。我已经用过一打勤务兵了，可是没有一个待得长久。我丑话说在前：对于卑劣和撒谎这样的行为，我是决不留情的。你要对我忠诚，要毫无怨言，要……你在看什么呢？"

帅克正出神地望着挂着金丝雀的笼子。听到这话，他那双善良的眼睛立即转向中尉，并用温和的语调说："报告长官，那是只哈尔兹金丝雀。"

帅克这样打断了中尉的训话以后，依然定睛望着中尉，连睫毛也没眨一下。

中尉本想训斥他，可是看到他那副天真无邪的表情，就只说了一声："神甫说你是头号大傻瓜，果真不错。"

"报告长官，神甫的话的确没有说错。当我还是现役军人的时候，就因为痴呆被遣散了。我智力低下那是出了名的。"

卢卡什中尉无奈地耸了耸肩膀。然后他从房门到窗口踱步，围着帅克走一圈，又踱了回去。当卢卡什中尉这么踱着的时候，帅克就用视线追逐着他，仍伴随那一脸的天真。

卢卡什中尉垂下双眼，望着地毯说："记住，我这儿什么都得弄得干净整洁，尤其不许撒谎，我最憎恨谎言。听清楚了没有？"

"报告长官，听清楚了。一个人最要不得的就是撒谎。我想，诚实是最好的美德，因为日久天长诚实总是合算的。一个诚实的人才会到处受人尊敬、让自己满意，时时会感觉自己像新生儿一样纯洁……"

帅克这般大发宏论的当儿，卢卡什中尉一直坐在椅子上，望着帅克的靴子，心里想着："天哪，我平时也是这么絮絮叨叨地讲废话吗？"

可是，为了不损害自己的尊严，他还是等帅克说完后才说："现在跟了我，你的靴子得擦得干干净净的，军服得弄得整整齐齐的，纽扣也得全钉好，总之，你得有个军人的样子。"

歇了一阵儿，他又接着向帅克交代了勤务兵的各种职责，特别强调了诚实可靠的重要性，严禁他向别人谈论中尉这里的事。

"女士们有时会来拜访我，"他补充了一句，"要是我早上不值班，有时她们中的某位或许就来这儿过夜。遇到这种情况，等我按铃后，你才能送咖啡到卧房来。明白吗？"

"报告长官，明白了。要是我猛然闯进卧房，也许会窘住那位女士。您放心，我完全明白自己的职责。"

"那就好，帅克。对待女士们必须彬彬有礼，注意分寸。"中尉说着情绪也上来了，因为这个话题是他在兵营、操场和赌桌之外的闲暇里最为关心的了。

女人们就像是中尉公馆里的灵魂。这里到处烙有她们各式各样迷人的印记：小摆饰、小花瓶之类随处可见。中尉有一本相册，里面全是那些女友的玉照。他还喜欢收藏纪念品，什么袜带啊、绣花短裤啊，各式各样，颇为珍贵。

"今天我值班，"他又说，"很晚才回来。你把房子好好收拾收拾。从前那个马弁实在是不像样，今天就给我派到前线去了。"

中尉刚走一会儿，帅克就把一切都收拾停当了。待晚上他回来后，帅克报告说："报告长官，一切都收拾停当，只是出了一点点小岔子：猫闯了个祸，把您的金丝雀给吞下去啦。"

"什么？"中尉大声咆哮道。

"报告长官，事情是这样的。我知道猫向来不喜欢金丝雀，总想欺负它们。所以我想最好叫它们彼此熟悉一下。于是我就把金丝雀从笼子里放了出来，给猫嗅一嗅。可是还没等我转身，那可恶的畜生就把金丝雀的脑袋给咬掉了。您简直想象不到它有多馋——连身子带羽毛一点儿不剩，全吞下去了。我教训了那猫一顿，可是我对天起誓，我没碰它一下，我想还是等您回来再决定怎么对付那个长癫的畜生。"

帅克一面叙述着，一面直愣愣地望着中尉。中尉本想狠揍他一顿的，这时反倒走开了，坐到椅子上问道："听着，帅克，难道你真是个举世无双的白痴吗？"

"报告长官，"帅克一本正经地回答说。"是！从小我就一直很不幸，每次我都满心想把事情做好，可总是没个好结果。我是真心实意地想要它俩熟识熟识，彼此互相了解一下。可这猫却一口把金丝雀吞了，这可怪不得我。如果长官您叫我处死它，我得先……"

帅克带着满脸天真和善的笑容，对中尉讲起惩治猫的办法来。那些话如果被动物保护协会的人听了，准会气得进疯人院。

帅克表现得那么在行，以致卢卡什中尉竟忘记了生气，还问道："你善于管理动物吗？你真的喜欢它们吗？"

"我顶喜欢的是狗，"帅克说，"贩狗可是桩很赚钱的买卖。可是我搞不好，因为我这人太老实了。尽管这样，还是有人来找我麻烦，抱怨我卖给他们的是杂种狗。好像所有的狗都必须是纯种似的。长官，您要是知道狗贩子们怎样在血统证明书上哄骗他们的主顾的话，一定会大吃一惊的。当然，真正的纯种狗是极少有的……"

中尉逐渐对这有关狗的学问产生了浓厚的兴趣，于是帅克得以畅谈下去。

"贩狗最重要的就是您得跟主顾瞎扯，不停地扯，一直扯到他没办法了。如果一个人想买一条看家的狗，而您手头只有一条猎犬，您就得有一套闲扯的本领，硬把这个人扯得服服帖帖了，生意自然就做成了。或者譬如说……"

"我很喜欢狗，"中尉说，"我一些在前线打仗的朋友还有带着狗的呢。他们写信告诉我说，在战壕里身边有一条忠实的狗，日子会好过多了。看来你对狗挺在行，我要是有一条狗，我希望你能好好照顾它。你看，作为伴侣，哪种狗最好？"

"长官，照我看，看马狗挺好。它们真的很机灵。我就知道一条……"

中尉看了看表，只好打断帅克："哦，不早了，我得睡觉去啦，明天又是我值班，你可以全天到外面为我找只看马狗。"

四

通往城堡石阶附近一个角落里，有一家小小的啤酒店。这天，昏暗的灯光下，有两人——一个士兵、一个老百姓坐在酒馆后排的座位上。他们坐得很近，低声密谋着，看上去简直就是威尼斯共和国的阴谋家。

"每天 8 点，"那个老百姓低声说，"女仆会领它穿过哈弗立斯克广场到公园里去。它可凶了，爱咬人，没人敢接近！"

他往士兵那边更凑近了些说："它连香肠都不吃。"

"炸了也不吃吗？"士兵问。

"不吃，炸了的也不吃。"

他们俩同时啐了口唾沫。

"那，那小畜生吃什么呢？"

"天晓得！那狗被娇养得活像个大主教。"

"它真是只看马狗吗？别种的狗可不行。"

"没错儿，是只漂亮的看马狗。椒盐色的，货真价实的纯种货。不过得先弄清楚它到底爱吃什么，然后才能想法弄它出来。"

这是帅克和布拉涅克——帅克贩狗时的提供者。

对整个布拉格城区和近郊的狗，布拉涅克无一不识，而且他还有一个原则：非纯种的狗不偷。现在帅克入伍了，布拉涅克认为他有责任不计报酬地替这位士兵效劳。

第二天早晨 8 点，帅克已经在哈弗立斯克广场和公园附近溜达上了。他是在等那位牵着看马狗的女仆。他总算没白等，女仆牵着一只长着络腮胡子的、跳跳蹿蹿的狗过来了，那家伙的毛又直又硬，一双眼睛像是挺懂事的样子。

女仆的年纪已经不小了，头发很雅致地绾在脑后。她对狗吹了个口哨，手里甩动着牵狗的绳索和一条别致的皮鞭。

帅克向她搭讪说："请问小姐，去吉斯可夫怎样走啊？"

她停下来看了他一眼，帅克那副善良的面孔使她相信这位可敬的士兵的确是想到吉斯可夫去。她表示非常乐意为他指路。

"我是刚调到布拉格的，"帅克说，"是从乡下来的。你也不是布拉格人吧？"

"我是沃得南尼人。"

"说起来咱们差不多是同乡，"帅克回答说，"我是普洛提汉人。"

这是帅克当年在波希米亚南部军事演习时得来的关于捷克南部的地理知识，这使得女仆心上充溢着一种家乡的温暖。

后来，帅克逐渐把话题引到了"狗"的上面来了，说到狗的吃食上时那位小姐不无骄傲地说道："我们福克斯可讲究极了。有一阵子它一点儿肉也不肯吃，现在肯吃了。"

"它最爱吃什么呢？"

"煮了的肝。"

"小牛肝，还是猪肝？"

"那它倒不在乎。"帅克的"女同乡"微微笑了一下说。

他们一道溜达了一会儿，随后那条看马狗也跟了上来。它挺喜欢帅克，隔着嘴套一个劲儿地扯他的裤管，不断地往他身上蹭。但是忽然间，它好像是猜出了帅克的来意，不再蹦跳，放慢了步子，并斜着眼瞟着帅克，好像在说："原来你对我心怀鬼胎，对不对？"

帅克辞别了女仆后立即去告诉了布拉涅克，那条狗什么肝都爱吃。

"那么我就喂它公牛肝吧，"布拉涅克这么决定了，"放心吧，明天我一定把那条狗给你送来。"

布拉涅克很守信用。下午帅克刚打扫完屋子，布拉涅克便拖着那条看马狗进屋了，它看起来性子很拗，龇着牙齿，还嗷嗷咬着，似乎在发泄它极度愤懑之情。

他们把狗拴在厨房的桌子边，布拉涅克详细地跟帅克说了他是如何用牛肝去捉拿那只小家伙的，然后两人又商量起了如何去编写它的出生证明及其他相关一些证件。

"你就写它是从莱比锡的封·毕罗氏狗场来的，父亲是阿尔尼姆·封·卡勒斯堡，母亲是爱玛·封·特劳顿斯朵尔夫。父亲方面跟齐格菲·封·布森陀有血统关系。它的父亲于 1912 年在柏林波摩拉尼亚种狗的展览会上得过头奖，母亲获得过纽伦堡纯种狗会的金质奖牌。你看它的年岁应该写多少才好？"布拉涅克说。

"看它的牙齿大概有两岁。"

"那么就写 18 个月吧。"

"帅克，它的毛剪得可不好，你看它的耳朵。"

"这容易，等它跟咱们混熟了再剪也不迟。"

这条偷来的狗凶悍地咆哮着、喘息着、扭动着，直至精疲力竭，就一头倒下了，任凭命运的摆布。它慢慢地安静下来了，只是时而还可怜地嗥叫着。

"血统证明书上我该替它填什么名字呢？"布拉涅克问，"它以前叫个什么福克斯。"

"那么就叫它麦克斯吧。看，它在翘耳朵呢。我想还是把它解开吧。麦克斯，起来！"

这只连家带名都被剥夺了的不幸的看马狗，嗥叫了一阵，开始在厨房里蹦来蹦去，突然又清醒地走到桌边，把帅克给它扔在地板上的熟肝吃掉。随后，它就倒在壁炉旁，昏昏睡去。

布拉涅克坚持免费为从军的帅克服务，他走后，帅克去肉铺买了半斤肝，煮好了。麦克斯一醒就得到一块，它嗅嗅那块熟肝，一口就吞了下去。

"麦克斯，过来！"帅克叫道。

那狗战战兢兢地走了过去，帅克把它抱到膝上，抚摸着它。这是它来后头一回友善地摆了摆它那半截尾巴，用爪子搔了搔帅克的手，然后紧紧抓住，很机灵地凝视着帅克，像是说："事已至此，我知道我输了。"

麦克斯从帅克膝上蹦下来，围着他扑蹿着。傍晚，中尉从兵营里回来时，帅克跟麦克斯已经成了莫逆之交。

卢卡什中尉看到麦克斯惊喜异常，而麦克斯一看到身挎腰刀的人也分外开心。

问到狗是从哪儿来的、花费多少时，帅克泰然自若地回答说是一个刚刚应征入伍的朋友送的。

"好极了，帅克，"中尉边说边逗着麦克斯，"帅克，下月一号我会奖赏给你 50 克朗。"

"长官，那我可不能收。"

"帅克，"中尉一本正经地说，"你来当差的时候我就跟你说过，你必须听从我的吩咐。我说给你 50 克朗，那你就得收下，拿去痛饮一番吧。帅克，这 50 克朗你打算怎么花呢？"

"报告长官，我就照您命令的好好痛饮一番。"

"帅克，万一我忘记了，我命令你提醒我，明白了吗？这狗有跳蚤吗？你最好给它洗个澡，把毛梳一梳。明天我值班，后天我就带它出去溜达溜达。"

当帅克给麦克斯洗澡的时候，那位上校——狗原来的主人正在大发雷霆，说要是抓到了偷狗的人，一定送他到军事法庭去，把他枪毙，把他绞死，用乱刀把他剁成碎块。

"你这杀人犯，我要了你的命！"上校咆哮得连窗户都震动了。

帅克和卢卡什中尉的头上正悬着一场灾难。

情境赏析

本章第一段说：残酷的命运割断了帅克与神甫的友情，其实是一种反讽的陈述，恰恰是说他们根本就没什么友情。因为神甫根本没有把帅克当人来看待，而是把他如奴隶一般当赌注输给了卢卡什中尉。偷来的狗麦克斯令中尉十分满意，但他们马上就要大祸临头了。

第十三章

由于为中尉弄来一条偷来的狗，帅克被派往前线。

克劳斯·封·吉勒古特上校的姓氏出自萨尔斯堡附近的一个村庄。早在 18 世纪，他的祖先就在那里靠掠夺谋生。他是一个十足的蠢货，还是个解释狂。一解释起来，那兴奋劲儿就像一个发明家对人讲起他发明的装置一样。

"夹在两道沟之间的路叫做公路。可诸位，你们知道什么叫作沟吗？沟就是一批工人所挖的一种凹而长的坑，是一种深渠。对，沟是用铁锹挖成的。那你们知道铁锹是什么吗？"

他算是蠢到家了，军官们都躲他躲得远远的，都不愿参加他那无止无休的关于摊鸡蛋、阳光、寒暑表、布丁和邮票的谈话。

尽管在军事上他也表现出绝对的无能，但是这个糊涂蛋却官运亨通。他永远不能及时到达指定的地点，却领着他的联队以纵队形朝敌方的射击点挺进；几年前，有一回皇家军队在捷克南部演习，他们全团都迷失了方

类比。表明这位上校解释起来就不顾及其他人的看法，呼应"十足的蠢货"。

这样的人却能官运亨通，可想而知，社会的荒谬和扭曲程度。

向，一直开到了摩拉维亚，演习都结束了，他们还在那里闲荡；类似的怪事在他身上那是层出不穷。

他虽然愚蠢，却非常虔诚，时常去忏悔。自从战争爆发以来，他经常祈祷着德奥的胜利。每当他看到报上说又运来俘虏时，他总是大发雷霆道："为什么俘获他们呢？该统统把他们枪毙掉。把塞尔维亚的老百姓一个不留地活活烧死，用刺刀把婴儿们也消灭了。"

这天，卢卡什中尉讲完了课，就准备带着麦克斯出去散步。

"长官，"帅克热心地说，"您得当心那条狗，别让它溜了。我要是您，可不会带它到哈弗立斯克广场上去，因为那里有条屠夫养的恶狗，那家伙嫉妒得很，总以为别的狗是来抢食的。"

麦克斯高兴地在中尉身边转来转去，不一会儿就把皮带跟军官的腰刀缠在了一起。对于散步，它表现出异常的喜悦。

卢卡什中尉带着狗向波里考普街走去，他跟一位太太约好在那里碰头的。一路上他脑子里尽想着公事：明天上课该讲些什么；如何去确定一座山的高度；为什么高度都用海拔来测量。该死，陆军部干吗把这些乱七八糟的东西都列入课程里，还不如让人们学学炮兵知识。

快到目的地的时候，他的冥想给一声"站住"打断了。与此同时，麦克斯也拼命地朝那个喊"站住"的人身上扑去。

站在中尉面前的正是克劳斯·封·吉勒古特上校。

本段两处他的言行前后呼应，不知道他究竟是在忏悔什么，究竟对什么虔诚，更加突出了他的愚蠢。

排比的修辞手法，用以说明他正在考虑的事情很多。

中尉敬了个礼，向上校道歉说自己一时疏忽，没有瞧见他。

"一个军官见了上级是永远要敬礼的，"克劳斯上校大声呵斥，"我相信这条规矩还没有废止，这是其一。其二，从什么时候起，军官们养成了牵着偷来的狗满大街散步的习惯啊？"

"长官，这条狗——"

"它是我的，叫福克斯。"上校粗暴地打断了他的话。

这只又名麦克斯的福克斯认出了自己的老主人以后，就完全不理新主人了。

"带着偷来的狗散步！中尉，这跟一个军官的荣誉是不相称的，难道你不知道吗？"上校一面抚摸着福克斯，一面咆哮着。福克斯这时候竟下流地向中尉龇起牙嗷嗷叫着，像是对上校说："要狠狠地办他！"

上校继续说着："你没看见我在《波希米亚报》和《布拉格日报》上登的关于我丢失一只看马狗的启事吗？"

上校用一只攥成拳头的手捶着另一只手的掌心。"你们这些年轻军官成何体统，纪律观念跑哪儿去啦？上校登的启事，居然都不去看看！"

"哼，我真想揍他两拳，这老不死的东西！"卢卡什中尉望着上校的络腮胡子暗地里想。

"到这边来一下。"上校说道。于是两个人并肩走着，进行了一次友好的谈话，"我看你还是去前线吧，到了前线就不用玩这套把戏了。在后方闲荡着，牵着偷

用拟人化的手法写出了当时狗的状态，所谓"狗仗人势"就是这样了。

上校公报私仇居然也能这么理直气壮。

来的狗散步肯定很不错吧。可在战场上，我们每天都要死几百名军官呢！"

上校大声擤了下鼻子，又说道："你去散步吧。"他没好气地用马鞭抽着大衣的底边，转过身走开了。

"我要怎样来处治帅克那家伙呢？"中尉想道，"给他一嘴巴？那可不够。就是把他撕碎了都便宜了这个痞子！"

他也顾不得去赴约了，怒气冲冲地直往家奔。

遗憾的是，中尉回去后未能立刻惩治帅克——一个勤务兵正等着中尉在几份文件上签字。一把那勤务兵打发走，中尉就招呼帅克进了房间。中尉的眼睛里冒着火，他坐下定睛望着帅克，冥想着这场"屠杀"该怎样开始。

"我先给他几个嘴巴子，"他思忖着，"然后打烂他的鼻子，再扯他的耳朵……"

思忖（cǔn）：思量。

可出现在他面前的却仍是那双温厚、坦率的眼睛，那双眼睛的拥有者还用他一贯的无知无畏打破了暴风雨前的寂静。

几个形容词说明帅克处变不惊的态度。

"报告长官，您的猫吃了鞋油，已经死翘翘了。我把它丢到隔壁的地窖里去了。您再也找不到那样漂亮的波斯猫了。"

"我怎么来对付他呢？"中尉脑海掠过这个问题，"天哪，你看他那傻样！"

帅克那双温厚、坦率的眼睛里还放射出一种温存和惬意融化而成的光芒，像是什么事也没发生过，而且即使发生过什么事，现在也已然是万事大吉。

中尉跳了起来，但是他并没去打帅克，他只是在帅克的鼻子下挥动着拳头咆哮道："帅克，那狗是你偷的，对不对？"

"报告长官，今天下午您带麦克斯出去散步了，我怎么能偷它呢。您没把它带回来，我还觉着奇怪呢。"

"帅克，你这个畜生，给我住嘴！你这个流氓、白痴。我告诉你说，别跟我耍花招。你从哪儿弄来的那条狗？你知道那是上校的狗吗？说实话，你偷还是没偷？"

"报告长官，我没偷。"

"那你知道它是偷来的吗？"

"是的，报告长官，我知道。"

"天哪，帅克，你这头笨驴，对天发誓，我要把你枪毙了！你难道真是个大白痴吗？"

"报告长官，我是的。"

"你为什么带给我一条偷来的狗？你为什么把那害人的畜生塞给我！"

"为了讨您的欢心，长官。"

帅克安详、温柔地直盯着中尉。中尉倒在椅子上，叹息说："天啊，我造了什么孽，让你这么个畜生来惩罚我啊？"

他一声不响地坐在椅子上，感到一点儿力气都没有了。最后，他茫然地派帅克去买了一份《波希米亚报》和一份《布拉格日报》，为的是看看上校的寻狗启事。

帅克把报纸买来，把登有启事的那一页翻开，放在

帅克以不变应万变的表情和态度弄得中尉也没了脾气。

从二人上述对话来看，严格说，帅克确实一个字也没有撒谎，但他就是一直在回避着问题的重点。

桌面上。他红光满面，用极快活的口吻说：

"长官，上校把他丢的那条看马狗描绘得可真神气啊，读起来很过瘾。他还出 100 克朗悬赏给寻到狗的人呢。平常的赏钱只有 50 克朗。"

看看帅克巧妙转移话题的技艺。

"你去躺下吧，帅克，"中尉吩咐道，"别再犯傻了。"说罢自己也去睡了。

帅克的技巧奏效了，让中尉生出了一种无力感。

半夜，他梦见帅克又带给他一匹从皇储那里偷来的马。检阅的时候，倒霉的卢卡什中尉骑着那匹马走在他中队的前列，正好给皇储认了出来。

清晨，门口出现了帅克和善的面庞。

"报告长官，兵营派人来召您了。让您马上到上校那里去报到。勤务兵就在这儿。"他还很体贴地补充了一句，"也许跟那条狗有关系。"

"我知道了。"中尉没等勤务兵报口信就说道，他几乎是垂头丧气地说的，说完就走了，走时还狠狠地瞪了帅克一眼。

这传令非同一般，凶多吉少。中尉走进办公室的时候，上校正气鼓鼓地坐在沙发上。

看看上校睚眦必报的性格和行为方式，中尉马上就有苦头吃了。

"两年前，你请求调到驻布迪尤维斯的第 91 联队去。你知道在哪儿吗？在沃尔达瓦河上。对了，沃尔达瓦河，和奥尔河还是别的什么河流经那里。城市很大，而且很宜人。如果我没说错，沿着河有一道堤。你知道什么是堤吗？就是砌得高出水面的一种防御物。不过，这些都没什么关系。有一回，我们在那一带演习过。"

上校沉默了一会儿，然后凝视着他的墨水瓶，又扯到别的话题上去了。

上校愚蠢的解释狂的毛病又发作了！

"你可惯坏了我的福克斯，它什么东西也不肯吃。瞧，墨水瓶里居然有一只苍蝇。奇怪，大冬天的，苍蝇会落在墨水瓶里，这都是由于纪律松弛。"

"你要说什么啊，你这老白痴！"中尉心里嘀咕着。

上校站起身来，在办公室里踱着。

"我考虑了究竟该如何教训你，中尉。记得你曾要求调到第 91 联队去，最高指挥部最近通知我，那里正缺军官，我用人格向你担保，三天之内你准能调去第 91 联队。那儿正在组建先遣队，用不着谢我。军队很需要——"

说到这儿，他已经不知道该如何接下去，于是就看看表，然后说："10：30 了，我得去传令室啦。"

这场愉快的谈话就这么结束了。中尉走出来呼了口气，大大松了口气。随后他便到军官训练学校去告诉大家，说他一两天之内就要奔赴前线了，因此打算举行个告别酒会。

实际上这场谈话一点儿都不愉快，这是用的反讽的语气。

回到家里，他意味深长地对帅克说：

"帅克，你知道什么是先遣队吗？"

"报告长官，先遣队就是派往前线去的部队。"

"没错，帅克，"中尉庄重地说，"那么，我向你宣布：你将同我一道跟先遣队走。可到了前线，你休想再耍你那套愚蠢的把戏。你听了高兴吗？"

马上就要去送死了，帅克还不忘调侃。

"报告长官，我太高兴了，"帅克答道，"要是咱们一道为了效忠皇上和皇室战死沙场，那该是多么伟大的壮举啊……"

▌情境赏析▌

不幸的卢卡什中尉牵着狗的时候遇到了愚蠢的克劳斯上校，帅克偷狗事件败露。十足解释狂的上校愚蠢到家，所有人都厌烦他，但就是这样的人都官运亨通，真是一个让人无奈和荒谬的社会。可想而知，被他抓住把柄的中尉和帅克不会有什么好果子吃。

▌名家点评▌

《好兵帅克》中，这个帝国的一切残酷、肮脏、荒谬与丑恶，都没能逃脱哈谢克那支锋利、辛辣的笔，他无情地揭露了这个庞大帝国所加于捷克民族的种种灾难，并塑造出帅克这个平凡而又极富于机智的不朽形象。

——萧乾

第十四章

帅克先是惹恼了上将，接着又扳动了停车警铃，惹出了一系列的乱子。

在布拉格开往布迪尤维斯的快车二等车厢里，有三位旅客：一位是卢卡什中尉，坐在他对面的是一位老先生，头都秃了，另外一位便是帅克。帅克很老实地站在车厢的过道里，正等着卢卡什中尉又一轮的臭骂。

而实际上只发生了一件很小的事情：帅克负责照看的行李，在数目上出了点差错。

"咱们的一只衣箱给人偷了？"中尉咆哮着，"向我打声招呼难道就算完事了？你这笨蛋！衣箱里装着些什么东西？"

"没什么，长官。"帅克回答说，两只眼睛盯着那个老头儿光秃秃的脑袋。那人好像对这事完全没兴趣，一直在看他的《新自由报》，"只有从卧室里摘下来的一面镜子，和从过道里拆下的铁制衣架，所以实际上我们并没什么损失，那些都是房东的。"

"住嘴，帅克！"中尉嚷道，"等到了布迪尤维斯，我再来对付你。你知道吗，我要把你关起来！"

"报告长官，我不知道，"帅克平和地说，"您从来没对我说过，长官。"

中尉咬了咬牙，叹了口气，从衣袋里掏出一份《波希米亚报》来，读起前线巨大的胜利及德国"E"号潜水艇在地中海上取得战果的新闻。当他读到一段讲有关德国新研发的特殊炸弹的时候，被帅克的问话打断了。

帅克正对那位秃头先生说："请问，先生，你是不是斯拉维亚银行的分行经理波尔克拉别克先生啊？"

秃头先生没搭理他。

帅克便对中尉说："报告长官，有一回我从报上看到，说一般人脑袋上应有六万到七万根头发。有一个大夫说，掉头发都是由于养孩子的时候神经受了刺激。"

这时，一件可怕的事情发生了。秃头先生朝帅克扑过去咆哮道："滚出去，你这肮脏的猪！"他把帅克推到过道里去，又回到车厢，向中尉做了自我介绍，中尉大吃一惊。

这位秃头先生是陆军少将封·史瓦兹堡！他正准备去布迪尤维斯微服私访。

他可是世界上最可怕的一位少将。一旦发现什么事儿不对头，他就会跟当地的司令官进行这么一段会话："你有手枪吗？"

"有，长官。"

"很好！如果我是你，我一定晓得该用这支手枪干什么。因为这不是兵营，而是猪圈！"

事实上，每次他视察完的地方，总有些人会用枪自杀。这时，少将就会心满意足地说："这才是个像样的军人！"

他对卢卡什中尉说："你在哪里上的军校？"

"布拉格。"

"进过军官学校，竟然不懂得教会你的部下该做些什么，而且还跟勤务兵处得像一对朋友那样，太不像话了！而且，你竟然能够容许他侮辱你的上级。你叫什么名字，中尉？"

"卢卡什。"

"哪个联队的？"

"我曾经是——"

"我问的是现在。"

"第 91 联队，长官。他们把我调到……"

"哦，他们调得有道理。尽快地上前线，对你没害处的。"

"前线是去定了，长官。"

少将做起报告来，说近年来他注意到军官跟下级说话无拘无束，他认为这是一种危险的倾向，这会助长民主思想的散播。一个士兵在上级面前必须心存畏惧感。军官必须跟下级士兵保持一定距离，士兵不能有独立的思考。从前当军官的讲究用对上帝的畏惧来威慑士兵，可如今……

少将做了一个绝望了的手势："如今大多数军官把他们的士兵完完全全地惯坏了。"

说完少将又拿起报纸，聚精会神地看起来。卢卡什中尉脸白得像张纸，他到过道跟帅克算账去了。

他在靠窗的地方找到了帅克。帅克此时满足得像个刚满月的娃娃，吃得饱饱的，就快要睡着了。

中尉把帅克带到一节没有人的车厢。

"帅克，"他郑重其事地说，"这回你可倒了霉了！你干吗跑去惹那位秃头先生？你可知道，他就是封·史瓦兹堡少将？"

"报告长官，"帅克说，"我这辈子从没想过去侮辱谁，而且我压根儿也不知道他是少将。他长得跟波尔克拉别克先生的确是一模一样呀。那位先生常到我们那儿的酒馆去。再说，少将也犯不着为一点儿小小的错误就生那么大的气呀。照理说，他的确应该跟常人一样有六万到七万根头发。我从来没想到过竟有秃头的少将存在，这就是通常人们所说的'悲剧性的误会'吧，这种误会人人都会碰上的。我曾经认识一个裁缝，他……"

卢卡什中尉望了帅克一眼，然后就回到原来的座位上去了。帅克也在过道角落里一个乘务员的座位上坐下，跟一个铁路职工攀谈起来："劳驾，我有个问题想问问你。"

铁路职工显然对谈天的兴致不高，他无精打采地点了点头。

"我曾经认得一个叫赫弗曼的家伙，"帅克聊起天来了。"他总认为这些停车警铃向来不灵，他说，如果你扳下警铃，屁事也不会发生。可自打我看见这套警铃装置起，我总琢磨着它究竟灵不灵，万一有一天我会用得着它。"

铁路职工觉得自己有义务向帅克说清停车警铃的灵敏性。于是，他带着帅克来到警铃开关闸跟前，上面写着"遇险可扳"的字样。

"那个人告诉你扳了停车警铃也不灵，那是在瞎扯淡。只要一扳这把手，车就会停的，因为这跟列车所有车皮以及车头都是连着的。"

说话间两人的手都放在警铃的杆臂上，然后——事情究竟是怎么发生的，只有上帝才知道——他们把杆臂扳下来，火车于是就停了。

究竟是谁扳的杆臂，他俩各执一词。帅克坚持说不可能是他干的。"我还奇怪火车怎么会忽然停了下来呢。"帅克还蛮愉快地对一位乘务员说，"它走着走着，忽然间就停了。"

这时一位很严肃的先生替铁路职员辩解说，是那个当兵的先谈起停车警铃的。

帅克反驳说他一向讲信用，火车误了点对他没什么好处，因为他是要到前线去打仗的人。

"站长一定会告诉你一切,"管理员说,"你要被罚 20 克朗。"

可列车长也成了帅克的听众了。

"那么,我们还是开动吧,"帅克神情自若地说道,"火车误了点可不好。太平年月倒还碍不着大事,如今打起仗来,所有的火车运的都是少将啦、中尉啦、勤务兵啦,晚了可真会出大乱子的。拿破仑在滑铁卢就因为晚到了 5 分钟,从而败得一塌糊涂。"

此时卢卡什中尉从人丛中挤了进来。他脸色发青,嘴里只迸出一声:"帅克!"

帅克敬了礼,向他解释说:"报告长官,他们诬陷说火车是我停的。我想以后最好离那玩意儿远一些,否则出了毛病他们就要你掏 20 克朗。"

列车长已经吹了哨子,于是列车又开动了。乘客们都回到原来的座位上,卢卡什中尉也一声不响地回去了。

此时乘务员找帅克来收 20 克朗的罚款,威胁他说,不给就把他带到塔伯尔站的站长那里去。

"那可以,"帅克说,"我喜欢跟受过教育的人谈话。去见一下那位站长对我倒是件荣幸的事。"

火车开到塔伯尔,帅克以应有的礼貌走到卢卡什中尉面前报告说:"报告长官,他们这就带我去见站长。"

卢卡什中尉没回答,他对一切都无所谓了。他觉得不论是帅克,还是那位秃顶的少将,他最好一概不理。自己就安安静静地坐着,车一到目的地,就到兵营去报到,接着随某个先遣队上前线。顶多是阵亡,这样也好,就能摆脱掉有像帅克这种怪物到处游荡的可怕世界了。

火车又开动时，卢卡什中尉从窗口往外望去，只见帅克站在月台上正聚精会神地跟站长谈着话。一群人把帅克围了起来，其中有几个看上去是铁路职工。中尉叹了口气，但那决不是表示怜悯。想到他把帅克丢下了，他感到无比轻松，连那位秃头少将也不再那么骇人了。

火车老早就噗噗冒着烟向布迪尤维斯开去了，但在塔伯尔围着帅克的人群可一点儿也没见少。

帅克坚持说杆臂不是他扳的。围观的人都相信他，一位太太竟说道："他们又在欺负小兵了。"

大家都同意这个看法，人群中一位先生对站长说，他相信这个士兵是冤枉的，并且替他交了罚款。之后那位可敬的先生就把帅克带到三星级餐厅里，请他喝啤酒。当他得知帅克的一切证件，包括他的乘车证，都在卢卡什中尉手里的时候，临走前还慷慨地送了他 5 个克朗买车票和零花。

帅克独自一人留在餐厅里，不声不响地用那 5 克朗喝着啤酒。月台上有些人没有亲耳听到帅克跟站长的那番谈话，只远远看到围着的人群。于是他们互相转告说：一个间谍在车站上拍照给抓到了。而一位太太则反驳说，根本不是什么间谍，她听说是一个骑兵在女厕所附近打了个军官，因为那个军官盯他情人的梢。

这些离奇古怪的猜想最终还是由一个警察给结束的，他把月台上的人统统给轰跑了。而帅克依然不声不响地喝着酒。他一心想着卢卡什中尉，发愁他到了布迪尤维斯找不到勤务兵可怎么办。

在客车到站以前，三星级餐厅挤满了旅客，主要是各兵种和各民族的士兵。战争的浪潮把他们送进了塔伯尔医院，如今，他们要重返前线，好再去受伤、变残疾、受折磨，这样才有资格在墓地上树起一座木制的十字架。

"你的证件!"这时候,一个士官用德语和蹩脚的捷克话向帅克索检证件,他周围另有四个士兵拿着上了刺刀的枪。

"我没有证件,"帅克回答说,"证件给 91 联队的卢卡什中尉带去啦,我一个人落在这站上了。"

"你的证件!每个士兵——没有证件——关起来。"

于是他们把帅克带到了军事运输总部。

帅克被带到一间办公室里,只见桌子上散乱地放着一些文件,后边坐着一个年纪很轻、样子却十分凶的中尉。看到一名下士把帅克带了进来,他就意味深长地"啊"了一声。随后下士向他解释说:"报告长官,我们在车站抓到的,他没有证件。"

中尉点了点头,似乎他早就料到会抓住没证件的帅克似的。因为任何人只要看一下眼前的帅克,都会认为:像他这副模样和神情的人,身上是不可能带着证件的。

最后中尉问道:"你在车站干什么呢?"

"报告长官,我正在等开往布迪尤维斯的列车,因为我要到我的联队上去,我在那儿是卢卡什中尉的勤务兵。可是他们说我有扳动警铃、使列车停下来的嫌疑,所以他们把我带到站长那儿去交罚款。这么一来,我就掉队啦。"

"我实在是糊涂了,"中尉嚷道,"有话你可不可以说得简短些,别东拉西扯的!"

"报告长官,自从我跟卢卡什中尉坐上那趟本该把我们送到皇家步兵第 91 联队去的火车起,我们就交上了霉运:先是丢了只衣箱,接着来了位少将,一个全秃的家伙……"

"天哪!"中尉叹了口气。

再看帅克,他可没注意到中尉是否生气,仍然在讲述着,讲完了就用他那温顺的眼睛注视着中尉，中尉对这个看上去像是天生白痴的男子所说的话，是绝对相信了。于是他便在那列快车开走以后，把开往布迪尤维斯的列车一一列给帅克听，问他为什么都没搭。

"报告长官，"帅克回答道，脸上带着甜蜜的微笑，"我正等着下一班车的时候，喝了几杯酒，于是就……"

"我从来也没见过蠢到如此地步的家伙，"中尉思量着，"他倒什么都愿意承认。我见过不少人，他们总是拼命起誓说自己什么错也没犯。可是这小子却能坦然说：因为喝了几杯酒，把几班列车都错过了。"

中尉想尽快解决此事。因此，他断然说："听着，你这蠢货，你还不快到票房去买一张车票，赶紧滚到布迪尤维斯去吧。如果再让我看见你，我就把你当逃兵办。解散！"

中尉见帅克并没动，就大声吼道："你给我滚出去，听到没有？帕兰尼克，把这个笨蛋带到票房去，给他买张到布迪尤维斯的车票。"

不一会儿，帕兰尼克下士又出现在了办公室。在他背后，帅克那张愉快的面庞正通过门缝往里窥视着。

"又怎么啦？"

"报告长官，"帕兰尼克下士神秘兮兮地说，"他没钱买车票，我也没钱。他们不肯让他免费乘车，因为没有证明他是到联队去的军方证件。"

中尉不费吹灰之力就想出了一条妙计，来解决这个棘手的难题："那么就叫他步行去吧！他们可以因为他迟到关他的禁闭，我们可管不了这么多！"

"没办法啊，伙计，"帕兰尼克走出办公室以后对帅克说，"你只好步行到布迪尤维斯去，老弟。卫兵室里还有点配给的面包，我给你拿点儿吃。"

　　他们请帅克喝了黑咖啡，除了面包以外又给了他一包军用烟丝。半小时以后，帅克便在深更半夜离开了塔伯尔，一路哼着旧时的军歌。

　　天晓得怎么搞的，帅克本应当向南朝着布迪尤维斯走，他却向正西走去了。他深一脚浅一脚地踏着积雪，浑身用军大衣包得严严的，真像是拿破仑进攻莫斯科的大军碰壁折回时的最后一名卫兵。

▌情境赏析▐

　　赴前线之旅的列车上，帅克接连惹了两个大麻烦，一个是惹怒了凶暴、冷酷的秃头陆军少将，一个是莫名其妙拉响了紧急制动警铃。两件事令中尉火冒三丈，但每次找他算账的时候，都被帅克东拉西扯、不知所云地扯到其他话题上。最后中尉忍无可忍把他丢在了车站月台上。

　　在军事运输总部，帅克被命令徒步前往目的地，最后一句"像是拿破仑……的最后一名士兵"象征着整个事件的大背景的苍凉与荒诞。那么接下来等待他的又会是什么奇遇呢？

> 条条道路都通向布迪尤维斯，这一点帅克也坚信不疑。

恺撒军团没有地图也打到了遥远的北国；回罗马时为了多见些世面，他们换了一条路走，而最终也到了家——"条条大路通罗马"之说也许就是由此而来。

同理，条条道路也都会通向布迪尤维斯，这一点好兵帅克坚信不疑。因此，当他望到的不是布迪尤维斯一带，而是米里夫斯柯村落时，帅克依然向西吃力地走着。在斯基坎附近他遇到一个年老的流浪汉。他请帅克喝了一杯白兰地，那神情就像是跟帅克相识了多年似的。

"别穿你那身打扮走路，"他劝帅克道，"这身军装会叫你倒霉的。如今警察很多，你穿成这样不仅什么也讨不到，还会招来警察，他们现在专门对付你这种人。"

"你到哪儿去呀？"流浪汉没多久又问了一句。这时他俩都点上了烟斗，慢慢地穿过村庄。

"到布迪尤维斯去。"

想想看，是帅克故意这么做的呢？还是作者这么写另有深意？

流浪汉是在很真诚地告诫帅克。

好心人的劝告,帅克会听从吗?

"我的老天爷!"流浪汉惊叫了起来,"你要是去那儿,他们马上就会把你逮住,你可一点儿逃跑的机会也不会有的。你得有一身脏得一塌糊涂的衣裳,还得冒充残疾人。不过你也用不着害怕,打这儿走上四个钟头,那儿住着我的一个老伙计,是个老牧人。咱们可以在那儿歇一夜,早上再到斯特拉柯尼斯去,在那里替你弄一套衣裳。"

任何时候战争都是残酷的,受苦的都是社会底层的人,包括开小差的逃兵。

那个牧人是个十分殷勤的老爷爷。他们围着火炉煮着土豆,老爷爷讲了一些他从他爷爷那里听来的一些关于法国战争的故事:"我爷爷当兵的时候,也开过小差,不幸在沃德拿尼就给抓住了。他们把他的屁股打得皮开肉绽。可那还算不上什么苦头,普鲁提文那边有个家伙,因为逃跑,在挨了六百下棍子后还尝了一筒子火药,好早点儿解脱。你是什么时候开的小差?"他问帅克。

这是个一门心思想找到大部队的"逃兵"。

"动员令之后,他们叫我们往兵营里开步走的时候。"帅克信口说道,他觉得老牧人既然认为他是个逃兵,他也懒于解释。

"那么你现在到哪儿去呢?"

"他疯了,真的,"流浪汉替帅克回答说,"他偏要去布迪尤维斯。这个没经验的傻瓜钻了牛角尖,我得劝劝他。首先咱们得搞套老百姓的衣裳来,有了那个就好办了。等到明年春天咱们可以找个地方干点儿农活儿。今年闹饥荒,又缺人手,听说要把流浪汉全逮起来,送到地里去干活儿。我想咱们不如主动去的好。"

"那么,你是说这仗今年是打不完啰?"

牧人说道："小伙子，你估计得没错！从前的仗，打起来就没完没了。什么拿破仑战争、瑞典战争、七年战争的，个个都得去服兵役。"

放有土豆的水煮开了。沉默了好一会儿，老牧人用未卜先知的口气说道："这仗咱们的皇帝老儿是打不赢的，我的孩子。大伙儿对打仗毫无热情。人们说，打完仗后就不会再有皇帝了，他们会把皇家的庄园没收。警察们已经抓了几个说这种话的人。唉，如今的警察可厉害着呢！"

牧人把煮土豆的水倒掉，又往盆里倒了点酸羊奶。他们马马虎虎吃完了饭，便躲在那间暖和的小屋子里睡着了。

半夜里，帅克悄悄地穿上衣裳溜了出去。月亮正从东边升起，这给他壮了胆，他就借着月光往东走去，一路还喃喃自语："早晚我一定能走到布迪尤维斯。"

> 帅克心里始终还是坚持自己的信念。

可是很不凑巧，本该朝南走的他却走向了朝北皮塞克的方向。快到中午的时候，他望见近处有个村庄。当他走下一座小山的时候，池塘后边白茅屋里钻出一个警察来，他径直走到帅克面前问道："上哪儿去？"

"到布迪尤维斯找我的联队去。"

警察讥讽地笑着说："可你走的明明是相反的方向嘛！"说罢便把帅克拖到派出所去了。

"哦，很高兴见到你。"普鲁提文区的分队长亲切地说。他是个精明的人，有手段对付犯人。他对被逮捕或被扣押的犯人从不大声恫吓，而是善于使用一种特殊的盘问方法，问得连无辜的人也承认有罪。

"请坐，不要拘束，"他接着说，"一路辛苦了吧。告诉我们你要到哪儿去？"

帅克又说了一遍是到布迪尤维斯的联队上去。

"那么你走错路了，"分队长微笑着说，"事实上你正背着布迪尤维斯走。"

分队长和气地盯着帅克，而帅克却以镇定而庄重的口气回答说："尽管如此，我终究还是会去布迪尤维斯。"

"你听着，"分队长依然用很友善的口气对帅克说，"到最后你就会知道越否认就越容易招认。"

"您这话说得太对了。"帅克说。

"这就对了，当兵的。我要你坦白地告诉我，你是从什么地方出发往布迪尤维斯去的？"

"塔伯尔，长官。"

"你在塔伯尔干了些什么呢？"

"等开往布迪尤维斯的火车。"

"那为什么没搭上火车呢？"

"因为我没有车票。"

"你是个军人，他们为什么没发给你免费乘车证呢？"

"因为我身上没带证件。"

警员们意味深长地彼此望望，分队长接着问："这么说你是待在塔伯尔车站的。你衣袋里有什么吗？让我们看看。"

他们把帅克从头到脚搜查了一遍，除了一只烟斗和火柴以外，什么也没搜出来。于是，分队长又问道："告诉我为什么你衣袋里啥都没有？"

"因为我什么也用不着。"

"唉呀，"分队长叹了口气说，"你真麻烦！你在塔伯尔火车站待了很久吗？"

"一直待到最后一趟往布迪尤维斯的火车开走。"

"你在车站干了些什么？"

"跟军人们聊天。"

分队长又跟他的下属们交换了一个<u>意味深长</u>的眼色。

分队长每一句话都是一个圈套，这里的"意味深长"也别有深意，至于为什么，马上就要揭晓了。

"你跟他们聊了些什么？"

"我问他们从哪个联队来，要到哪里去。"

"哦，你就没问问他们联队里有多少人，是如何编制的？"

"这我没问，因为我早已烂熟于心了。"

"这么说，你对我们的军事部署了如指掌喽？"

"我想是这样吧。"

分队长向周围的下属们又环视了一下，就得意扬扬地打出最后一张王牌来："你会俄文吗？"

"不会。"

分队长对他的助手点头示意。当两人走进隔壁房间后，分队长搓着双手得意着这回彻头彻尾的成功："嘿，听见了吗？他不会俄文！这小子真够狡猾。他什么都招认了，唯独这个最关键的问题。明天我们就把他送到皮

他们为了达成目的，才不会在于手段如何卑鄙。

塞克的警察局分局长那儿去。别看他像个白痴，这种人才是最要提防的。去，把他关好了。我得起草个报告。"

于是，从下午到晚上分队长就一直带着满脸笑容写报告，每句话都隐含着"有间谍嫌疑"的字眼儿。

事情越写越清楚，最后他用蹩脚的官样德文写道："该敌方军官当于即日押交皮塞克警察分局局长，谨此呈报。"

这些人信口胡说的胆子真大。

望着自己的成就，他笑了笑，然后把他的助手喊来："给这名敌方军官吃东西了没有？"

"按您的吩咐，只有中午以前带来并经过审讯的人才供给伙食。"

"这可是件非同小可的案子呀，"分队长很神气地说，"他是个高级军官，是参谋部的。俄国人才不会派下士来刺探军情呢。你派人到饭馆给他叫顿午饭吃。然后叫他们沏茶，再搁点儿甜酒送去。记住，绝不能向任何人提起这个人，这可是军事机密。他现在在干什么？"

"他正在卫兵室坐着哪，看上去挺心满意足的，像在自己家似的。"

分队长不光要陷害帅克，还为这种陷害为自己找到了充足的理由，这种人才是最可怕的。

"多么狡猾啊！"分队长得意地说，"他装出满不在乎的样子，其实他知道自己会被枪毙的。尽管他是我们的敌人，但这种人不能不叫人肃然起敬。我不敢说咱们是否能做到这一点——我们或许会摇摆、放弃。而他却毫不在乎，这种人称得上有骨气。唉，咱们奥地利要是能有这种热情……我扯远了。你给他叫饭去吧，回头顺便把他带到我这儿来。"

　　帅克被带来的时候，分队长思考了一下，随后又用他那种审讯法得出结论，并加在了给皮塞克警察分局长的那份呈文上："此犯说一口纯熟的捷克语，欲前往布迪尤维斯参加步兵第 91 联队。"

　　分队长兴高采烈地搓着手，对自己搜集到如此丰富的资料以及盘问出如此详细的情节感到十分满意。他很惬意地笑了笑，从书桌的文件架上拿出布拉格警察总监发布的一份密令，读了一遍：

> 　　各区警察分局对其所辖区内一干过往行人必须严加戒备，此为当务之急。自我军于东加里西亚作战以来，数支俄军已越过喀尔巴阡山侵入我国疆土，战线因而延伸至我帝国西部。在此新形势下，战线之变幻无常，更有利于俄国间谍深入我国腹地。据密报：大批俄国间谍已潜入捷克地区。现查明其中有来自俄国之捷克人多名，他们曾在俄国高等军校受训，擅长捷克语，尤为危险。兹训令各区警察分局，凡遇可疑人物，一概予以扣留。各交通枢纽尤应严加防查。一经扣留，应立即盘问，并移交有关上级办理。此令。

　　分队长得意地笑了笑，将密令又放回到文件架上去。那上面还放着别的许多密令，都是由内务部和国防部协同草拟的。布拉格警察局整天就忙着复写、分发这些密令。

三个形容词深刻描绘了分队长迫不及待的热切心情，似乎由此带来的荣誉、升迁就在眼前。

每天都有新的命令、章程、调查表和指示送来，分队长为这些长篇累牍的文件忙得要死，积压下的大量文件更是弄得他头昏脑涨的。他以千篇一律的刻板方式对付那些送来的调查表，回答总是：一切良好，当地居民的忠诚是一级甲等。

分队长已经失眠了好几个晚上了，他总在等待着视察或调查。他曾经梦见过上吊，或是上绞刑架。在梦里，国防部部长还亲自问他："分队长，X、Y、Z字第一七八九五七八号二三七九二的通令你是怎样答复的呀？"

扭曲的社会带来的恐惧不仅仅是平民的，作为它的爪牙，鹰犬也时时感受着这种恐惧带来的压迫。

但是现在，分队长坚信警察分局局长会拍拍他的肩膀说："分队长，恭喜，恭喜！"由此，他也生出许多其他美好的愿望：什么得勋章呀，升迁呀，对他办案本领的高度评价呀，由此开辟出的一条鹏程万里的道路呀，等等。

他把助手喊过来问道："午饭送去了吗？"

"他们给他送了点熏猪肉，加白菜和面团子。他喝了杯茶，还想再来一杯。"

"让他喝吧，"分队长慷慨地答允，"等他喝完了茶，就把他带到我这儿来。"

半个钟头之后，吃得心满意足的帅克被带了进来，分队长问道："怎么样，吃得好吗？"

帅克一点儿也没有作为被陷害者的觉悟，他还心满意足地享受着。

"还不错，就是白菜少了点。熏肉熏得倒还透，我敢打赌，一定是家里熏的。那杯加了甜酒的茶喝下去可真舒服。"

分队长望着帅克，然后开始问道："俄国人喝起茶来凶得很，对不对？他们也有甜酒吗？"

"世界上无论哪里都有甜酒。"

"嘿，好小子，"分队长又想，"你休想把我支吾过去！"于是，他又使用起他那一套特殊的盘问方法问起来，并据此写下了一份一气呵成的呈文：

据探：此人密谋潜入我军第91联，以便立即转至前线，俟机投往俄国。该犯与第91联之关系谅必非同一般，经卑职多番盘问，方得悉该犯远在1910年即曾以步兵身份参与帝国军队在皮塞克附近举行的全部演习。由此足见，该犯对间谍工作必训练有素。再者，此番一切罪证之获得，皆有赖于卑职独创之盘讯方法。

由呈文看出，他们信口胡说、捏造事实的本领实在是强悍。

写完之后，分队长走到卫兵室，点燃烟斗，又把烟丝递给帅克。助手不停地给火炉添着柴，于是，可以说派出所在深冬的苍茫暮色中，成了地球上最适于促膝长谈的温暖角落了。

他们对帅克这个间谍照顾得无微不至。

到了吃晚饭时，分队长又面临一个必须马上解决的问题，他本来打算到饭馆去吃的，可是现在他不得不担心：假若这个人利用他出去的当儿逃掉了呢？他的助手虽然可靠且谨慎，但有一次还是放跑了两个流浪汉。

"咱们就派老婆子去买饭来吃吧，让她再带只罐子去装啤酒。"分队长就这样解决了难题。

晚饭过后，派出所到饭馆间的路上还很是繁忙。从这条路上印着的老婆子那双特号靴子的频繁痕迹即可证明：分队长虽然没有亲自光临饭馆，但他却已充分享受到了同等的服务。及至最后当老婆子来买白兰地的时候，饭馆老板的好奇心再也按捺不住了："来了什么贵宾？"

老婆子回答道："一位有嫌疑的人。在我走出来以前，他们两个在搂着他的脖子。分队长还拍着他的头，管他叫可爱的小间谍。"

到了下半夜，分队长的助手穿着全副军装，靠在他那张军床上睡熟了，还打着呼噜。而分队长呢，他把那瓶白兰地喝了个底朝天。他搂着帅克的脖子，通红的脸上淌着热泪，胡子沾满了白兰地，嘴里还不停地咕哝着："你不得不承认俄国没有这么呱呱叫的白兰地吧。"

分队长的每一句话都处处设下陷阱。

"是的，长官。"

他站起来，拿着空瓶子蹒跚地走进自己的屋子，一路嘟囔着："要是我出……出了一点点岔子，也许就什……什么都完……完蛋了。"

然后他从书桌里把呈文拿出来，想加上下面这段补充：根据第五十六条，俄国的白兰地酒……

纸上被他弄了一摊墨水，他把它舔掉，然后傻笑了一声，就倒下来醉得不省人事。

第二天早上，助手费了很大劲儿才把分队长喊醒。他四下里瞅了瞅，揉了揉眼睛，开始回忆起头天发生的事情。忽然他心神不定地望着他的助手问："他没溜掉吧？"

"不会的，他这人挺本分。"

　　没多久分队长就开始重新抄写他那篇涂得像橘酱似的呈文。他把全文又组织一遍，随后记起有一件事他还没审问。因此，他把帅克传来问："你会照相吗？"

　　"会。"

　　"那你身上怎么不带照相机呢？"

　　"因为我没有。"帅克干脆地回答。

　　"可是假若你有的话，就一定会照的是不是？"

　　"如果猪有翅膀，它们也会飞的。"帅克温和地望着分队长回答说。

　　"那么，照火车站困难不困难？"

　　"那再容易不过了，"帅克回答道，"因为火车站永远都不会动弹，你也不必告诉它说'笑一个'。"

　　于是，分队长可以这样结束他的呈文：

> 　　关于呈文第二一七二号，请允许卑职补充如下：经卑职盘问，该犯供称，其长于照相，尤喜拍摄车站景物。卑职虽未搜得照相机，但据推测，其必将照相机隐匿他处。

　　由于昨天喝得太多，分队长脑袋至今还晕乎乎的。于是他越写越乱：

> 　　据供，该犯所以未取车站建筑以及其他国防要塞，仅由于随身未携带照相机。当时如若携有相应器具，卑职深信该犯定当拍取无疑，该器具肯定隐匿他处，故卑职未能于其身上搜得照片。

一个随意的回答就成为罪状，实在是荒诞可笑。

又一篇胡说八道的罪状出炉。

他自己觉得很是心满意足，其实在别人眼中就是笑料。

　　"应该够了。"分队长说罢便在呈文上满意地签了个字。

　　"现在要把你带到皮塞克警察分局长那儿去了。"他大模大样地对帅克宣布道，"照规矩本应该给你戴上手铐的，但考虑到你是个正派人，这回就免了。想必你也不至于半路溜掉的。"

　　分队长显然被帅克那张温厚的脸感动了，他又说道："希望你不要怨恨我。把他带走吧，呈文在这里。"

　　当皮塞克警察分局的上尉研究着普鲁提文区分队长起草的那份关于帅克的"呈文"的时候，心里正暗自诅咒着他和那些呈文，因为有人正等着他去凑一桌牌呢。他对站在面前的自己的分队长说："分队长，我不是告诉过你，普鲁提文的那个分队长是我所见识过的头号大笨蛋吗？他送来的根本不是什么间谍，我估计就是一名普通的逃兵。呈文里废话连篇，连三岁小孩也能看出那家伙写呈文时一定醉得昏天黑地了。"

　　他又看了一遍呈文，然后吩咐把帅克带上来，同时，往那儿拍一封电报，通知那个分队长明天到皮塞克来。

　　"你是在哪个联队开的小差？"上尉问帅克。

　　"我在哪个联队也没开过小差。"

　　上尉仔细瞅着帅克，发现他那张神色安详的脸上显得异常轻松，就问道："那件制服你是怎么弄到的？"

　　"每个士兵入伍的时候都要领一套制服的，"帅克带着温和的笑容回答说，"我是第91联队的人，我从来也没开过小差，恰恰相反……"

帅克这时的口气很重，以致上尉惊愕地问道："怎么个恰恰相反？"

"这简单极了，"帅克用一副透露底情的神情解释道，"我正要奔回我的联队去。我的愿望只是想尽快赶上我的联队，因为那里的战友都在等着我呢。普鲁提文区分队长在地图上指给我布迪尤维斯是在南边，可到头来他却打发我往北走。"

上尉打了个手势，意思是普鲁提文的那个分队长还干过比打发人家往北走更糟糕的事呢。

"这么一说，你是找不到你的联队了。"他说道，"而且你想找到它，对吗？"

帅克把情况一五一十地说明了，还兴致勃勃地描绘了他跟命运所做的搏斗，以及他曾经怎样百折不挠地尽一切力量去找在布迪尤维斯的第 91 联队，结果却徒劳无功。

上尉立即做了决定。他叫人打出一封用字考究的公函：

据来人约瑟夫·帅克称，此人为贵联队士兵，正前往贵联队，曾因潜逃嫌疑被我驻普鲁提文派出所扣留。此人身材矮胖，五官端正，瞳为蓝色，无其他显著特征。随函奉上附件乙壹号，系我局为此人所垫付之伙食费，请转呈国防部并希开具字据。外奉附件丙壹号，上列该上兵被捕时随身携带之官方分发物件，亦请

（右侧旁注）

普鲁提文区的分队长自以为要了帅克，实际上帅克把他狠狠地要了一番。

一段话用了四个成语，令帅克的表达更显得情真意切，毫无破绽。

开具字据。此致驻布迪尤维斯之奥匈帝国皇家
步兵第 91 联队指挥官。

帅克轻松快捷地完成了由皮塞克到布迪尤维斯的一
段火车旅程。护送他的是一个年轻的警察，一路上紧盯
着帅克，生怕他会溜掉。不知不觉中他们就到了兵营。

卢卡什中尉已经上了两天班，正坐在警卫室的桌
前，而这时警察就把帅克连同押解公函一并带了进来。

"报告长官，我归队了。"帅克说道，一面庄重地
敬礼。

随后发生的事寇塔珂少尉全都在场，他后来常常这
样描绘说：帅克报告完后，卢卡什中尉就跳起来，抱住
自己的脑袋，头朝后向寇塔珂身上栽过去。当他清醒过
来时，帅克依然举手敬着礼，不断重复着："报告长官，
我归队来啦。"卢卡什中尉的脸色苍白得像张纸，他用
颤抖的手接过公文签了字，然后吩咐大家都退出去。然
后就把自己跟帅克一道反锁在警卫室里了。

于是，帅克就这样结束了他这场布迪尤维斯的
远征。

卢卡什中尉用一种悲怆绝望的神情瞪着他，而帅克
却温柔多情地望着中尉，真像他是自己失而复得的情人
一般。

警卫室静寂得像座教堂，中尉和帅克又彼此默默地
望了望，最后还是卢卡什中尉带着讽刺口吻先说道：

"久违了，帅克，看来我是甩不掉你啦。好吧，他们已
经发了一张逮捕你的拘票，明天你就会被带到联队警卫室

本段对中尉一
连串的动作、
神态描述，表
明了他的极度
无奈和沮丧。

这幅画面中，
两个人截然相
反的表情是多
么令人忍俊不
禁。

去。我可不打算浪费精力骂你一通，反正这回你可跑不掉啦。"

卢卡什中尉回到桌前，在一张纸上写了几行字，叫来警卫室门前的哨兵，吩咐他带着那张便条，把帅克交给禁闭室的看守长。

帅克就这样被带走，穿过兵营的广场，走向写有"联队拘留室"字样的禁闭室。中尉毫不掩饰自己的喜悦之情，愉快地望着帅克消失于其中。

"谢天谢地，"中尉对自己大声说道，"现在可把他关到一个牢靠的地方啦。"

施罗德上校——卢卡什中尉在前线的新上级——一直不明白卢卡什中尉为什么不亲近他，这让他觉得很奇怪，也有些沮丧。但这次他还是对中尉那么公道，他还招来自己的副官一道研究帅克的问题。

"哦，"施罗德上校说，"原来这就是卢卡什中尉的勤务兵，就是他报告上所提的、在塔伯尔失踪的那个。我觉得军官应当负责训练他们的勤务兵，卢卡什中尉既然挑了这个白痴当勤务兵，他就得自作自受。反正他有的是时间，足以把他这个勤务兵管出个样子来。"

于是他决定罚帅克蹲三天禁闭，然后再回去继续当卢卡什中尉的勤务兵。

中尉真是有甩掉一个超级大的包袱的如释重负的感觉。

上校的自以为是的对中尉的公道，三天后一定会令中尉郁闷不已。

情境赏析

帅克在归队的过程中，非常"幸运地"遇到了一位派出所分队长。分队长见到帅克后，感觉似乎两眼闪着金光，升职和光辉的前途似乎就在眼前。为了达成目的，他要给帅克罗织出间谍的罪名，他自以为是、自作聪明地设圈套、设陷阱引帅克上钩，没想到，帅克非常配合，帮助他做完了这个醒不来的美梦。自然，帅克在此期间被好酒好菜地招待，而分队长将一无所获。最终，帅克回到了卢卡什中尉身边，"帅克……望着中尉，真像……情人一般"，也可以想见此时中尉的心情，所以这个画家实在令人忍俊不禁。

名家点评

哈谢克被欧洲批评家与十六世纪的拉伯雷和塞万提斯相提并论。

——萧乾

在吉拉里—西达，帅克莫名其妙地卷入了一
场殴斗。

第91联队开拔到里塔河上的布鲁克城，又从那里转移至吉拉里—西达了，那是奥匈边境上的一个村庄。

关了三天的禁闭，帅克还差三个钟头就该自由了。就在这时，他跟一个渎职的志愿兵一同被带到总卫兵室去，从那里又押到了火车站。布迪尤维斯的居民都聚集在车站给联队送行。这并不是个正式的欢送仪式，可车站前的广场上还是密密匝匝挤满了人。

帅克觉得他确实应向人群挥一挥小帽。他的问好引起了一片欢呼声。押送帅克的下士可着了急，他嚷着要帅克闭嘴。但欢呼声却越来越浩大，无数只帽子一齐挥动起来，渐渐演变成一场真正的示威运动。一位热心人士还趁机喊出"打倒塞尔维亚人"的口号，可在随之而来的混战中，那人给踩倒了。

就在这当儿，头戴一顶宽边毡帽的骑兵第七师的随军神甫拉辛那突然出现了。这位令所有军官食堂厌恶的食客加酒鬼，是昨天来到布迪尤维斯的。在为即将转移的联队军官们举办的小酒会上，他以一当十，大吃大喝，出尽了风头。第二天早晨，他想起自己确实应当看看联队第一营的士兵们是否受到了热烈的欢送，于是他来到了车站。

"站住!"他向押送兵喊道,"你往哪儿去?"

帅克替下士回答说:"神甫,他们正把我们押送运到布鲁克去呢。如果您愿意的话,也可以跟我们一道搭车。"

"那我也去,"拉辛那神甫说,接着他掉过身来对押送兵嚷道:"谁说我不能来?向后转,快步走!"

神甫走进囚车后就躺到座位上。好心肠的帅克把军大衣脱下来,垫在他头底下。于是,神甫舒舒服服地伸了个懒腰,畅谈起来:"诸位,红烧冬菇嘛,冬菇越多越好吃,可是冬菇得先拿葱来煨,然后再加上点月桂树的叶子,还有葱……"

"你已经放过一回葱了。"志愿兵抗议了一声。下士看出拉辛那神甫喝醉了,但他同时也认出他是他的上级。这么一来,下士开始为难了。

"神甫的话一点儿不差,葱放得越多越好。无论怎么烧法,葱对人总归是有益处的。炸葱还能治酒刺……"帅克说道。

这时候,拉辛那神甫像梦呓般嘶哑着嗓子自言自语着:"全看你放些什么作料、放多少。胡椒别放得太多,咖喱也多放不得……"

他越说声音就越慢、越小: "……或者放多了冬菇……太多的……柠檬……太多的豆蔻……太多的……丁香……"

渐渐没了声音,他睡着了,打起鼾来。下士定睛望着他,押送兵们捂着嘴偷笑。

"他一时半会儿醒不过来的,"过了一会儿帅克预言道,"他已经醉到头啦。"

"没关系。"下士神色紧张地示意他住嘴,但帅克继续说道:"他的军衔是上尉。所有这些随军神甫,不论头衔大小,喝起酒来量都大得吓人。我曾经给老卡兹当过勤务兵,他喝酒就像鱼喝水似的。比起卡兹来，这位神甫差得远哩。"

下士害怕地说道："可咱们毕竟还是把上尉关起来了，我想我最好还是去报告一下吧。"

"你最好还是别去，"志愿兵说，"你是负责押送的，不能走开。而且照规矩你也不能派一个押送兵去送信，除非能找到人顶替他。瞧，这事儿很棘手。下士，我担心你会被降级。"

下士发慌了，一再说神甫并不是他放进车厢来的，而是他自己要进来的，而且神甫是他的上级。

"在这里你是唯一的上级。"志愿兵坚持说。

下士胆怯地一口咬定，说是帅克最早跟神甫说他可以同他们一道来的。

"下士，我这样做没人会见怪，"帅克回答说，"因为我傻，可是没人会信你也傻呀。"

"你当兵几年了？"志愿兵顺便问了一句。

"第三个年头了，如今我要升军曹了。"

"就别妄想啦！"那个志愿兵刻薄地说，"你记住我这句话，你会降级的。"

神甫蠕动了一下。

"他在打呼噜，"帅克说，"我敢打赌，他一定梦见自己在痛饮。那个老卡兹就是这样子，记得有一回……"

于是，帅克详尽有趣地描述了他同奥吐·卡兹一同经历的事，时间不知不觉就过去了。

"真奇怪，"志愿兵又扯了回来，"怎么还没见到检查员呢？照规矩，你在车站就应该把我们上车的事报告给列车指挥官，不该在一个烂醉如泥的神甫身上费工夫。"

不幸的下士执拗地一声不吭，两眼瞪着车窗外嗖嗖掠过的电线杆子。

忽然间，神甫从座位上摔了下来，在地板上继续睡着。正当大家屏息不动地观望时，下士独自一人把神甫拽到座位上去了。他显然已经失掉了权威，他有气无力地喃喃说着："你们总该帮我一把。"押送兵们只相互呆望着，连脚都不挪一下。

"你就该让他在原地打呼噜才对，"帅克说，"我就是那样对付我那位神甫的。什么五花八门的地方他都睡过，无论他在哪儿睡着了，我都随他。"

就在这当儿，火车进站了。检查官走进车厢。

参谋部派预备役军官摩拉兹博士担任列车指挥官。摩拉兹博士把一切都弄得乱七八糟。虽然入伍以前他在一个中学里教过数学，可是列车是如何短了一节车厢的，他无论如何也查不出来。另外，他按名册核对时，竟神不知鬼不觉地多出了两个野战炊事班来。当他统计马匹数目时，不知怎么又神秘地多出了几匹。这种大规模的混乱害得摩拉兹博士头疼得要命。他吞了两片阿司匹林，这时候正愁眉苦脸地检查着列车。

他随着勤务兵走进囚犯车厢以后，看了看名册，然后听取了倒霉的下士的报告，又核对了一下数目。接着，他向车厢四下里望了望。

"你们关的那个是什么人？"他指着神甫厉声问道。神甫这时正趴着睡觉，屁股的姿势像是在向检查者挑战。

"报告长官，"下士结结巴巴地说，"是个……"

"是个什么？"摩拉兹博士咆哮道。

"报告长官，"帅克插嘴道，"趴着睡的这家伙是个神甫，他有点儿喝晕了。他自个儿钻进我们的车厢来，他既然是个上级，我们也不便把他撵出去。我想，他大概误把囚车当军官车厢了。"

摩拉兹博士叹了口气，然后定睛看了看他的文件。名册上并没提到任何搭车前往布鲁克的神甫。他心神不安地眨着眼睛，如今，又凭空多出来一个神甫。

他只好吩咐下士把神甫翻了个身，好认出他是谁。

费了好大劲儿，下士总算把神甫翻个四脚朝天。可这一下却把神甫折腾醒了，他望着摩拉兹博士说："喂，老弟，你好哇！晚饭预备好了吧?"随后，他又闭上眼睛掉过脸朝墙睡去。

摩拉兹博士认出这正是头一天在军官食堂里吃到呕吐的那个馋鬼，他叹了口气。

"此事，你得亲自去向警卫室报告。"他对下士说。

这当儿，神甫带着他全副的风采和尊严醒了过来。他坐起身惊讶地问道："我的天，我这是在哪儿呀?"

下士看到这位大人物醒过来了，便奉承道："报告长官，您是在囚车里哪。"

刹那间，一道惊讶的神色从神甫的脸上掠了过去。他不声不响地在那里坐了一会儿，深思着。最后，他问下士说："是奉谁的命令把我……"

"报告长官，谁的命令也没奉。"

神甫站起身来，开始踱来踱去，喃喃自语着："真摸不着头脑。"然后他又坐下来问道："咱们这是往哪里开呀?"

"报告长官，往布鲁克开。"

"咱们去布鲁克干什么呀?"

"报告长官，我们第 91 联队全体都转移到那里去。"

神甫又开始追想一切经过：他怎样进的车厢，以及他为什么单单在押送兵的陪伴下，跟 91 联队到布鲁克去。这时他已经清醒得能认出志愿兵来。于是他对军官说道："看你是个聪明人，也许你可以告诉我，我是怎么跑到这里来的。"

"我十分乐意告诉您，"志愿兵和蔼地说，"今天早上您在车站上跑到这里，因为您的头有些发晕。"

下士严厉地望着他。

"于是您就上了我们这节车，"志愿兵接着说道，"然后您倒在座位上，随即这位帅克就把军大衣垫在您的头底下。当列车在上一站接受检查的时候，您就正式被发现了，我们这位下士还为您吃官司呢。"

"我明白啦，我明白啦，"神甫叹息道，"到了下一站，我最好还是挪到军官车厢去。哦，午饭开了吗？"

"不到维也纳是不会开午饭的。"下士说。

"原来是你把军大衣垫在我头底下的，"神甫对帅克说，"费心啦。"

"没什么，"帅克回答道，"任何人看到他的上级军官头底下空着，而且还喝得晕晕乎乎的，都会那么做的。每个士兵都有尊重上级军官的责任，哪怕那位军官喝得不省人事。我也可以说是个伺候神甫的能手，因为我给奥吐·卡兹当过勤务兵。神甫们都喜欢痛饮，他们都是热心肠的人。"

头天的狂饮使神甫激发出一种民主友善的精神，他拿出一支香烟递给下士说："抽吧！哦，听说你还得为我吃官司，请不要发愁，我保你没事。"

他转过来又对帅克说："你跟我走吧，保准你过得开心。"

他突发善心，对每个人都许了愿。总之，他答应叫每个人都有舒服的日子过，他永远也不会忘记他们的。

"我认识许多人，"他说道，"你们跟着我是不会倒霉的。要是你们犯过什么错，你们就得为自己的罪孽受罚。看得出你们心甘情愿地承受着上帝赐予你们的惩罚。"

"你为什么受处罚呀？"他转过来问帅克说。

"上帝赐予我的惩罚，"帅克满怀虔诚地回答道，"是因为我到达联队迟了，可这怪不得我。"

"上帝是仁慈而且公正的，"神甫肃然说道，"他晓得谁应当受处罚。那么，你为什么关在这儿呢？"他问志愿兵说。

"由于我的自大，"志愿兵回答道，"等我赎罪期满，我就会被打发到厨房去。"

"上帝的威力无边！"神甫说道，听到"厨房"两个字，他心花怒放，"的确，厨房这地方也是大有可为的。对于富有机智的人，厨房是顶合适的地方。一个人得花心思才能把那种事做好。我很希望你能在军官食堂里搞个差使。昨晚上，布迪尤维斯的军官俱乐部给我们吃了马德拉黄酒焖腰花，愿主赦免那厨师的一切罪孽，他的手艺实在是高明。好，在车没到维也纳以前，我先睡一会儿。到了你们不妨把我叫醒。"

"你，"他转过来接着对帅克说道，"到咱们食堂去，拿一份刀叉，要一份午饭来。告诉他们是拉辛那神甫要的，一定要个双份。然后从厨房给我带一瓶葡萄酒来。再带个饭盒去，要他们给你倒点甜酒。"

拉辛那神甫摸索起衣袋来。"喂，"他对下士说道，"我没带零钱。借我一个金币……好，带上吧。你叫什么名字呀？"

"帅克。"

"很好，帅克，你拿这个金币去办事。下士，再借我一个金币吧。好，帅克，等你办妥后，就再给你一个金币。哦，对了，再替我弄点烟卷和雪茄来。要是有巧克力糖的话，给我捎两份来。要是他们在发瑞士干酪，记住可千万别要靠边边的；香肠也是，千万别拿两头的，想法弄中段儿的。"

神甫在座位上伸了伸懒腰，不一会儿，他又睡着了。

"我觉得，"在神甫的鼾声中，志愿兵对下士说，"你应该对我们捡来的这弃儿很满意。"

"的确不错，下士。"帅克说道，"他不像孩子那样娇嫩。"

到了维也纳，装在牲口车厢里的士兵，带着要上绞刑架时的绝望神情，从窗口往外望去。妇女们上来发给他们姜饼，上面用糖汁写着"胜利与复仇"和"上帝惩罚英国"等字样。

随后，接到命令，各连到设在车站后边的野战厨房去领配给。帅克遵照神甫的吩咐，到军官食堂去了。那个志愿兵留在后边等着吃现成的，两个押送兵则去替整个囚车领配给了。

帅克圆满地完成了任务。跨过铁轨时，他瞅见卢卡什中尉正沿着铁轨漫步。因为跟克什纳尔中尉合用一个勤务兵，他的处境很糟糕——那小子只伺候克什纳尔中尉，对卢卡什中尉完全采取消极的怠工态度。

"帅克，你把这些东西送到哪里去啊？"不幸的中尉问道。

"报告长官，这是给您的。只是我不知道您的车厢在哪儿，要是我过您这边来，又不知道列车指挥官会不会发脾气。"

卢卡什中尉疑惑地望着帅克，可帅克却十分愉快地接着说下去："那家伙可真野蛮。他来检查列车的时候，我向他报告说，我已经关满了三天的禁闭，应该到牲口车里去，或者跟您来。可是他狠狠骂了我一顿，说我得继续待在那里，这样在路上才不至于给长官您惹麻烦。"这时的帅克摆出一副殉难者的神情。

"不，"帅克接着说，"您可得相信我，我从来也没给您惹过什么麻烦。如果曾经发生过任何不愉快的事情，那完全是碰巧啦。长官，我总想做点好事，但若咱俩谁也没占到好处，那可怪不得我。"

"帅克，别伤心啦，"卢卡什中尉轻轻地说着，他们渐渐走近军官车厢，"我一定想法叫你回到我这儿来就是了。"

"报告长官，我不伤心。可是想到在打仗的时候咱们都这么倒霉，就觉得时运太不济了，所以心里就有点儿难过。"

"好啦，帅克。那么你就到我车厢里来吧。"

队伍在布鲁克扎下营，寂静的夜色笼罩着军营。士兵们住的营舍里冷得直打哆嗦，而军官营舍里都因炉火太旺而热得必须把窗户打开。

里塔河上的布鲁克城灯火辉煌，吉拉里—西达桥的对岸也同样是万家灯火。里塔河两岸的吉卜赛人在演奏着管弦乐，到处是狂欢的人群。当地的大亨和庸吏都把他们的女人和成年的女儿带到那里。于是，里塔河上的布鲁克和吉拉里—西达就是一座纵情作乐的大妓院。

那晚，卢卡什中尉出门看戏去了，帅克就在一座军官的营舍里等着他回来。一会儿，门开了，卢卡什中尉走了进来。很明显，中尉的心情不错，因为他头上的小帽是反戴着的。

"坐下，帅克，"卢卡什中尉说道，"你别说话，听我说。你知道绍普洛尼街在哪里吗？你先别跟我来你那套'报告长官，我不知道'。现在，你把地址记在一张纸上：绍普洛尼街十六号。那是个五金店。你知道五金店是什么吗？你知道？那很好。店是一个叫嘎古尼的匈牙利人开的。你知道匈牙利人是什么人吗？我的天，你是知道还是不知道呀？你知道，那么好。他就住在店的二楼。你知道吗？你不知道？我不是正要告诉你在哪儿吗？要是你没懂，我就给你戴上手铐脚镣。

你把这家伙的名字记下来了吗？很好，明天早晨你 10 点左右进城，找到这个地方，上二楼，把这封信交给嘎古尼太太。"

卢卡什中尉打开他的皮夹，一面打着哈欠，一面把一个没写收信人住址和姓名的白信封交给了帅克。

"帅克，这是一件非常重要的事，"他接着说，"你一定要小心，越小心越好，不能再给第三个人知道。我没写住址，就全靠你了。哦，记住那位太太的名字叫艾蒂迦——把它记下来，艾蒂迦·嘎古尼太太。记住，交信的时候务必谨慎小心，还要等个回音。你还有什么想问的吗？"

"要是他们不给我回音，该怎么办，长官？"

"那你就说，无论如何要个回音，"中尉回答道，同时又打了个哈欠，"我要去睡了，实在太累啦。"

原来，那晚卢卡什中尉进城去，看到吉拉里—西达的匈牙利人戏院正在上演一个音乐喜剧，其实就是一群肥胖的犹太女人把脚向半空踢来踢去。可卢卡什中尉并没被这有趣的表演迷住，他的注意力被一位跟着个中年男人的太太吸引住了。她正拖着中年男人朝衣帽间走去，且用德语大声说着要马上回家去，不要再看那种丢人的表演了。那女人说话的时候，眼里闪烁出因这种荒唐表演所引起的愤怒。她的眼睛又大又黑，与她那漂亮的身段很相称。这时她望了卢卡什一眼，一面愤怒地说："真讨厌！真讨厌！"她这一望非同小可，一段罗曼史由此开始了。

卢卡什中尉从衣帽间的管理员那里打听到那是嘎古尼夫妇，在绍普洛尼街十六号开一家五金店。

"他们住在二楼，"管理员用一种特有的殷勤劲儿说，"她是绍普朗地方的一个德国人，男的是匈牙利人。这儿一切都是混合的。"

卢卡斯中尉从衣帽间取出他的大衣，然后走进城里一家小咖啡馆，占了一间雅座。要了纸、笔和墨水，还要了一瓶法国白兰地。经过一番仔细的推敲，就用他最漂亮的德文写下了他生平最得意的一封信：

亲爱的夫人：

　　昨晚我前往剧院看了使您气恼的那出戏。第一幕演出时我自始至终都注视着您及您的丈夫，我感觉到您那位丈夫对于台上不堪入目的表演颇为欣赏，而您对该戏极不满意，因为它毫无艺术可言，只投合了男人的无耻的心态而已。

"这女人长得挺苗条的，"卢卡什中尉畅想着，"我干脆打开天窗说亮话吧！"

　　请原谅我，素昧平生就这样直接写信给您。我一生也见过许多女人，但没人像您给我留下如此深刻的印象，因为您对人生的观点及看法与我不谋而合。我相信您那位丈夫自私到家，他只是为了个人兴趣才带您观看演出。我无意干预您的家事，只想与您私下见一面，就纯艺术问题与您一谈……

"在这里的旅馆会面怕不成，我得把她领到维也纳去，"中尉寻思着，"我想法请个假吧。"

　　因此，我冒昧地请求与您光明正大地相互更进一步了解。我是一个不久即将奔赴战场的人，想必您不会拒绝这个请求。如蒙俯允，虽置身于硝烟弥漫的战火中，我也将铭记这美妙的回忆。您的决定将是对我的指令。您的回音将使我不胜荣幸。

接着，他署上名字，一杯一杯地喝着白兰地，又一段接一段地读着信，差不多每句话都使他感动得潸然泪下。

第二天九点，帅克去送信。如果不是半路碰上老兵沃吉契卡，绍普洛尼街十六号也许没有那么难找。多年以前，沃吉契卡曾在布拉格住过，为了纪念两人的重逢，他建议到布鲁克的红羊酒馆去庆祝一下。

"你现在到哪儿去?"沃吉契卡问道。

"这是个机密，"帅克回答说，"不过既然你是我的老朋友，我就告诉你吧。"他把一切原原本本告诉了沃吉契卡。沃吉契卡说，他不能丢下老朋友，所以他提议一道去送信。

过了十二点，他们就离开了红羊酒馆，事情仿佛很顺利，特别是他们心里强烈地认为：他们谁都不怕。在路上，沃吉契卡还滔滔不绝地谈论着他对匈牙利人的仇恨。

终于，他们在绍普洛尼街十六号找到了嘎古尼先生开的那家五金行。

"你最好等在这里，"帅克在门口对沃吉契卡说，"我上二楼把信留下，等个回音。"

"什么?"沃吉契卡抗议道，"我能离开你吗? 你是不晓得匈牙利人，我们得提防着点儿。"

"别胡闹了，管他匈牙利人不匈牙利人，我们要的是他老婆。在酒馆里我不是告诉你这是绝密吗? 中尉要我起誓任谁也不告诉的。中尉这话说得很对，因为这种事只能秘而不宣! 如今你怎么又要跟我一道上楼啦?"

"唉，帅克，你还不了解我这个人。"沃吉契卡严肃地说，"我说了要跟你一道来，两个人总要更安全些。"

"那么就来吧，"帅克同意了，"但是你可得当心点儿，我不想惹出麻烦来。"

"老弟，用不着担心，"沃吉契卡说着朝楼梯走去，"要是有事，我来收拾他……"

沃吉契卡和帅克按了下门铃。门开了，一个女仆用匈牙利话问他们的来意。

"听不懂！"沃吉契卡鄙视地说，"你干吗不学学捷克话？"

"你会德语吗？"帅克用德语问女仆。

"一点点。"

"那么去告诉你家太太，一位先生有封信要交给她。"

他们站在过道里，帅克说道："这地方确实既雅致又舒服。瞧，那幅基督像画得还不错。"

女仆出来了，她用很蹩脚的德语对帅克说："太太说她现在没空。有什么东西可以交给我。"

"好吧，"帅克掏出那封信严肃地说道，"这是给她本人的信，你可千万别对旁人讲。我在这里等夫人的回音。"

"你怎么不坐啊？"沃吉契卡问道，他已经靠墙坐了下来。"来，坐这儿吧。在匈牙利人面前你可不能太低贱。"

静了一会儿之后，从女仆递信进去的那间屋子里传来一声咆哮，然后是清晰的玻璃杯和盘子粉碎的声音。夹杂其间的还有匈牙利语的狂骂声。

门开了，一个脖子上围着餐巾的男人闯了进来，手里挥动着那封信。

沃吉契卡离他最近，因此那位火冒三丈的男人首先冲他质问道："送这信来的那个混蛋在哪儿？"

"别着急，"沃吉契卡直起身子说，"你声音太大了，镇静点儿。你可以问我这位伙伴，但说话得放客气些，否则小心我把你丢出去！"

那个男人暴跳如雷地骂了一阵，他以为来信是要他把房子让给军队住呢！他气呼呼地发出一阵责难，还说他自己也是个后备军官，只因害了肾病没能坚持下去。至于那封信，他要送给指挥官，送到国防部，送到报馆去。

"听着，"帅克严肃地说道，"那封信是我写的，不是中尉，那签名是假的，是我看上了你的老婆。我被她迷住了！"

暴跳如雷的男主人刚要朝昂然站立的帅克扑过去，老工兵沃吉契卡立即伸腿绊了他一跤，继而把信夺过来，塞进了自己的衣袋。没等嘎古尼先生明白过来，沃吉契卡又一把抓住他，拖到门口，一只手拉开门，随即就听见一阵重物沿楼梯滚下去的声音。

那位气得发疯的男主人只剩下那条餐巾留在楼上了。帅克拾起它来，很有礼貌地在那间屋子的门上敲了敲，一个女人哭泣的声音传了出来。

"这餐巾是您的吧，"帅克彬彬有礼地对坐在沙发上呜咽着的太太说，"也许会给人踩脏的。再见吧，太太。"

他把皮靴后跟碰了一下，敬了个军礼，就走出了过道。楼梯口无一丝格斗的痕迹，正如沃吉契卡说的，一切都不费吹灰之力。

街上正闹得厉害。嘎古尼被拖到对面房子的门口里的时候，还被浇了一身水。街心闹得更欢，沃吉契卡像一头雄狮似的跟一些匈牙利民兵搏斗着。当然他也不是孤军作战，有几个来自各团的捷克士兵经过这里就立马和他并肩战斗。

事后帅克自己也说不清是怎么卷入这场殴斗的。他没有刺刀，也不知怎么就弄到了一根手杖——那原是围观的人群中一个吓破了胆的路人丢下的。

这场殴斗持续了很久，直到巡逻队来把他们统统扣住。

这场殴斗被当地一些报纸当成民族问题炒得沸沸扬扬，由此引发的一个严重后果是——卢卡什中尉被派往前线，去做第 11 先遣队的连长，同时施罗德上校还十分关照地派遣帅克跟他去做了传令兵，这使中尉感激得脸都白了。

▌情境赏析▌

在军列行进途中，帅克结识了一位对厨房、对美食显示出超常兴趣的神甫，当他拿着神甫要他帮忙买的食物借花献佛给了卢卡什中尉时，中尉似乎被感动了，于是令帅克帮忙做一件事情——去送一封信，勾引一位当地的有夫之妇。没想到这事又被帅克搞砸了，还引发了一场斗殴，其结果就是，中尉被派往前线，而帅克被"关照"地派给中尉做传令兵。中尉"感激得"脸都白了，用反讽的语气描述了中尉深深的无奈和沮丧。

第十七章

帅克拿起听筒嚷道："喂，你是谁？我是传令兵帅克。"

卢卡什中尉在第 11 先遣队的办公室里心神不定地踱来踱去。这是营舍里一间阴暗的斗室，是用木板在过道里隔成的。里边只放了一张桌子、两把椅子、一罐煤油和一张床垫子。

军需上士万尼克脸朝着中尉站在那里，他整天都在编制着军饷名单，研制着士兵们的伙食账目。实际上他算是全连的财政部长，无论白天黑夜都待在这个阴暗而窄小的斗室里。

门口站着一个胖胖的步兵，满脸大胡子，这正是中尉的新勤务兵巴伦。入伍前，他是个开磨坊的。

"你倒真是替我找了个出色的勤务兵呀！"中尉对军需上士说道，"真得谢谢你这份意外的大礼啊！头一天派他到食堂替我取午饭，他就偷吃了一半。"

"长官，是不小心洒了。"那胖胖的步兵说。

"好吧，就算你洒了，那也只能是汤或肉汁，总不能把烤肉也洒了吧。还有你把我的布丁搞哪儿去啦？"

"我……"

"赖不掉了吧，是你吃掉啦。"卢卡什中尉说最后那句话的时候，神色是那样严厉，巴伦不由得倒退了两步。

"我到厨房问过今天的午饭有些什么。是肝泥丸子汤，可丸子在哪里呢？半道捞了出来，对不对？另外还有牛肉和小黄瓜呢？也被你吃掉了？两片烤肉，你只给我带来了半片。还有两块布丁，你也吞了吧？你，你这个馋猪！说，你把布丁弄到哪儿去啦？什么，掉到泥里去了？你这个该死的混蛋！什么？没容你捡，一条狗把它叼去啦？我真想狠狠揍你一通，吃完东西居然还敢来骗我！你知道谁瞅见你了吗？就是这里的军需上士万尼克。他跑来告诉我说：'报告长官，巴伦那个馋猪正把您的午饭拼命往嘴里塞呢，就好像一个星期没吃饭似的。'我说，上士，你就不能替我物色一个比这畜生好些的家伙吗？"

"报告长官，巴伦是我们连里十足的白痴，刚学完的操法转眼就忘得干干净净。要是给他一杆枪的话，肯定会闯出大乱子来。所以我想干勤务兵这类活计，他应该还行。"

"天天偷吃军官的午饭，"卢卡什中尉说，"好像他的那份配给不够他吃似的。你大概现在要对我说'你饿了吧'？"

"那么，上士，"他转过来接着对军需上士万尼克说，"你把这个人带到卫登赫弗下士那里去，叫他把这家伙绑在厨房靠门的地方。绑上两个钟头，直到今天晚上的炖肉煮好为止，让他眼巴巴望着肉在锅里炖着，就不信馋不死他。还有，把他那份炖肉分给别人。"

"是，长官。巴伦，来吧。"

当军需上士万尼克转来报告巴伦已经被绑好时，卢卡什中尉说："你是个酒鬼。一看到你的酒糟鼻子，我立马就知道你是个什么货色了。"

"长官，这都得怪喀尔巴阡山。在那里，我们拿到的配给总是凉的。战壕在雪地里，又不准我们生火，我们只好靠甜酒暖身子。甜酒把我们的鼻子都弄红了，的确有不利的一面，因为营里下了命令，红鼻子的士兵就得去侦察。"

"噢！不过冬天差不多完了。"中尉故意这样说。

"长官，阵地上可是一年四季都不能缺甜酒啊，它可以保持士气……又是哪个傻瓜在敲门哪？难道不认得门上写着的'请勿敲门'吗？"

卢卡什中尉朝门转了下椅子，只见门缓缓地开了。好兵帅克走进了第11先遣队的办公室。

中尉看见帅克，立刻闭上眼，帅克却凝望着中尉，高兴得就像一个久未归家的浪子看到父亲为他杀猪宰羊一样。

"报告长官，我回来啦。"帅克在门边说话时是那样的坦然，使中尉猛然回忆起自己吃过的苦头。自从施罗德上校通知他要将帅克送回来并仍由他领导时，卢卡什上尉就向上天祈求让帅克越晚来见他越好，要是有人把帅克抓起来那就更好——他再也不想见帅克了。可是中尉的那些想头被帅克那温厚纯朴的照面打碎了。

这时，帅克瞅了瞅军需上士万尼克，转过身来，从军衣口袋里掏出些证件笑嘻嘻地递给他。

那个随意劲儿，仿佛军需上士是他的老朋友。可上士反应得却很冷淡："放在桌上吧。"

"上士，"中尉说，"我想你最好让我单独跟帅克谈一谈。"

万尼克出去了，他站在门外偷听。起初，他什么也没听到，因为帅克和中尉都不吭声，只是互相望了好半天。

终于中尉结束了这叫人难过的沉默，带着强烈的讽刺说道："哦，真高兴看到你，帅克，你是多么可爱啊！"

可他还是没控制住感情，把积蓄已久的怒气化作狠狠的一拳，砸在桌上，连墨水瓶都被震了一下。他又跳起来，逼近帅克，大声嚷道："畜生！"说完，他就在这窄长的办公室里走来走去，每从帅克身边走过一次就吐一口唾沫。

"报告长官，"帅克说，"我照您吩咐的把那封信送去了。我看嘎古尼太太还不错，老实说，她很苗条，虽然我见到她时她正在哭呢……"

中尉坐下来，用嘶哑的喉咙嚷道："帅克，你这股傻劲儿到哪天才算完啊？"

帅克像没听到中尉的话一样，继续说道："后来的确发生了一点儿不愉快，可是我把错儿全揽到自己身上啦，而且在审讯时我还把那封信给吞了。后来，不知怎么的，我又卷进一场小小的殴斗中去，就连那场官司也让我摆脱了。所以他们把我打发到警卫室。我在联队只等了几分钟上校就来了。他训了我一通，就叫我立即到您这里来报道，此外，他还让我转告您，请您立即去见他……不过这已经是半小时前的事了。"

中尉一听说他应该在半个钟头以前就去见上校，于是赶紧穿上军服，沮丧地说："帅克，你又替我做了件好事！"

中尉走后没多久，军需上士万尼克进来了。

帅克正坐在椅子上往小铁炉子里扔着煤，炉膛里冒着熏人的浓烟。帅克不理上士，继续扔着煤。上士看了一阵，然后猛地把炉门一踢，叫帅克滚出去。

"对不起，长官。"帅克坦然地说，"我得说，尽管我很愿意听你的命令，可我办不到，因为我是归上一级管的。"

"我是连队传令兵。"他不无骄傲地补充说，"是施罗德上校把我安插到第11先遣队卢卡什中尉这儿来的，我曾给卢卡什中尉当过勤务兵。由于我的天分，他们把我提升做传令兵了。"

电话铃响了。上士赶忙抓起听筒，然后又很厌烦地把它往叉架上一扔，说道："我得到联队办公室去。总是这么突然喊人，真受不了。"

房里又只有帅克一个人了。没过多久，电话又响了。帅克拿起听筒嚷道："喂，你是谁？我是第11先遣队的传令兵帅克。"

"万尼克哪儿去啦？叫他听电话。"这是卢卡什中尉的声音。

"报告长官，电话铃刚才响过……"

"帅克，我没空儿跟你闲扯，在军队里，打电话，要简单明了。现在我问你：万尼克究竟在不在房里？叫他听电话。"

"报告长官，他不在这儿。不到一刻钟前，他给叫到联队办公室去了。"

"帅克，你说话不能简短点吗？现在仔细听我说！事后可不要用电话里有杂音来搪塞。你一挂上电话，马上就……"

帅克立即挂了电话。没几分钟，电话铃又响了。帅克拿起听筒，只听到一顿臭骂："你这白痴、乡巴佬、流氓！你在搞什么鬼？为什么把电话挂了？"

"报告长官，是您叫我挂上电话的。"

"再过一个钟头我就回来。帅克，你等着瞧吧！现在，马上给我找个中士来——就找弗克斯吧，叫他马上带 10 个人到联队贮藏所去领罐头。给我重复一遍，他该干什么。"

"带 10 个人到联队贮藏所去领罐头。"

"你总算学聪明了。现在我就找找万尼克，叫他到联队贮藏所去办事。要是他回来了，叫他把别的事先放下，尽快到联队贮藏所去。现在挂上吧。"

帅克找了半天才到厨房找到弗克斯中士和其他军士们。

"你们哪位是弗克斯中士呀?"帅克问道。

弗克斯中士见不过是个传令兵,觉得没必要搭理他。

"听着,"帅克说,"到底哪位是弗克斯中士啊?"

弗克斯走过来,盛气凌人地骂了帅克一通,告诉他对中士说话应当规矩点儿。在他班里,谁要敢如此不分上下地说话,他早就吃上嘴巴啦……

"快点儿!"帅克一本正经地说,"别再耽搁了,快带 10 个人到联队贮藏所去领罐头。"

中士听了这话十分惊讶,嘴里只能嘟囔道:"什么?"

"嗨,别什么了!"帅克回答道,"我是第 11 先遣队的传令兵,我刚跟卢卡什中尉通过电话。他特别指定要你去联队贮藏所。中尉还说:'要是弗克斯中士不立即去的话,你就给我打个电话,我去跟他算账。我要把这家伙碾成肉酱!'你可不晓得卢卡什中尉有多凶吧。快走吧,别浪费时间。"

军士们听了都是一愣,帅克则得意扬扬地望着他们。弗克斯中士咕哝了几句就匆匆走了。这时帅克不依不饶地冲他喊道:"我可以打电话报告中尉,说事情已办妥了吗?"

"我这就带 10 个人到联队贮藏所去。"中士边走边说。

"热闹起来了,"一个小个子下士说,"我们又要出发了!"

帅克回到第 11 先遣队办公室以后,正要点烟斗时,电话又响了,还是卢卡什中尉。

"帅克,你上哪儿去啦?我打了两回都没人接。"

"我去找弗克斯中士了,长官。"

"他们都去了吗?"

"哦,都去了,长官。可我不敢说他们到了没有,要不要我再去看看？长官，起初他还跟我顶嘴呢，可是等我提醒他……"

"别胡扯啦，帅克。万尼克回来了吗？"

"还没有，长官。"

"你知道那个该死的万尼克到哪儿去了吗？"

"我说不清那个该死的万尼克到哪儿去了，长官。"

"他到过联队办公室，后来又去了别处，现在有可能在军营里的酒吧间。帅克，你去那儿找找他，叫他马上到联队贮藏所去。还有，你马上去找布拉兹克下士，叫他立刻给巴伦松开绑，让巴伦到我这儿来。挂上吧。"

帅克找到布拉兹克下士，亲眼看他松开巴伦，并陪他一起走了一段，因为他俩刚好顺路。巴伦把帅克视为救命恩人，允诺以后家里寄来吃的一定跟帅克分享。

帅克沿着一条满是菩提树的林荫路来到军营里的酒吧间。军需上士万尼克正四平八稳地坐在酒吧间里，他喝得迷迷糊糊的。

"长官，您得马上到联队贮藏所去，"帅克说，"弗克斯中士带了10个人在那儿等着您哪，他们去领罐头。中尉打过两回电话啦。"

上士哈哈大笑："不急，有的是时间。联队贮藏所又不会长腿跑掉。等卢卡什中尉管过像我管的那么多先遣队时，他才有资格说三道四，到时候他也不会再提那套'马上去'的话来打搅我啦。再说了，联队贮藏所的事我比中尉清楚，他只是想当然，其实咱们根本什么罐头也没有，而且从来就没有过。每逢咱们需要罐头，就从旅部弄点儿来，或是向别的兄弟联队去借点儿。光是贝纳舍夫联队咱们就欠着200多听罐头。随他们扯去吧！"

"你最好什么都不必操心，"上士接着说，"随他们怎么搞。要是联队办公室说咱们明天就走，那简直是在信口开河。铁路上一节车皮也没有。别忙，小子，放从容些，用不着慌，船到桥头自然直。我看你还是坐下来……"

"不成，"帅克说，"我得回办公室去，万一来电话呢？"

"那你就去吧，伙计。可是你这样做算不得漂亮，一个好的传令兵决不会急于奔回去工作的。"

可是帅克已走出大门，朝着先遣队的方向跑去了。

剩下上士一个人品着酒，只要一想到有个中士正带着 10 个人在联队贮藏所等他，他就禁不住想笑。他很晚才回到第 11 先遣队，看见帅克正守在电话旁边。他悄悄爬到他的褥子上，倒头就睡。

帅克一直守在电话旁，因为两个钟头以前卢卡什中尉曾经来电话说，他还在跟上校开会，可是他忘记告诉帅克不必在电话旁守着了。随后弗克斯中士来电话说，他带着 10 个人干等了军需上士好几个钟头，而联队贮藏所的门根本就是锁着的。后来他看事情吹了，也就打发那 10 个人回营舍去了。

帅克不时地拿起听筒偷听别人的通话来寻开心。这是军队里刚安装的新式话机，好处是能清楚地听到别人的谈话。

辎重兵诅咒着炮兵，工兵对军邮所发脾气，射击训练班骂机枪小组。

帅克就一直守在电话旁……

中尉那里，施罗德上校正在畅谈着野战攻防的最新理论。他没完没了地讲着，从两个月前东方和南方战线，到各个战斗单位之间明确联络的必要性，再到毒瓦斯、防空设备、前线士兵的配给，等等。大部分军官一面听一面暗自纳闷儿这个老家伙究竟要什么时候才算完。不过，令他们感到幸运的是，一会儿，旅部指挥部叫施罗德上校接电话。

帅克正守在电话旁打盹儿，一阵电话铃声把他吵醒。

"喂，这是联队办公室。"

"喂，"帅克回答说，"这是第 11 先遣队。"

"先别挂，"电话里说，"拿支铅笔来，边听边记！"

"第 11 先遣队……"

下面是一连串混杂不清的句子，因为第 12 和第 13 先遣队的通话声音也夹杂了进来，联队办公室的电话记录就全部消失在一片嘈杂声中。帅克一个字也没听清。后来杂音总算小了些，帅克才听到里面说道："喂！重复一遍，快！"

"重复什么呀？"帅克问道。

"电话记录啊！你这傻瓜。"

"什么电话记录呀？"

"天哪，你是聋子吗？我刚才口授给你的呀，混蛋！"

"我没听清楚，因为有人总打岔。"帅克答道。

"喂，你以为我在跟你扯淡吗？你究竟记没记啊？纸笔都拿好了吧？什么？没拿好？你这糊涂虫！你究竟要我等多久啊？你已经准备好了？你总算磨蹭够了。好，听着：第 11 先遣队。记下了吗？重复一遍。"

"第 11 先遣队。"

"连长，记下了吗？重复一遍。"

"连长……"

"明天举行会议。复述一遍。"

"明天举行会议……"

"九点钟，署名。你知道，署名是什么意思吗，你这笨货？是'署名'的意思。复述一遍！"

"九点钟，署名。你知道署名是什么意思吗，你这笨货？是'署名'的意思。"

"笨蛋！署名是：施罗德上校，白痴。记下来了吗？复述一遍！"

"施罗德上校，白痴。"

"好了，你这蠢货！你是谁呀？"

"我。"

"真要命，'我'是谁呀？"电话里传来一阵无奈的不满。

"帅克。还有别的事吗？"

"谢天谢地，没了。"

帅克挂上电话，用鼻子上挨了一拳的代价，把军需上士弄醒了。上士揉揉眼睛，惊慌地问发生了什么事。

"没发生什么大事，"帅克说，"只是我想问您一下。刚才接到一个电话，叫卢卡什中尉明天九点钟到上校那里开会。你说我是现在去告诉他呢，还是等到明天早上？"

"看在上帝的分上，让我睡会儿吧。"上士哀求着，还打了个呵欠，"你早上再去吧，别再叫我了。"他翻过身又睡着了。

帅克回到电话旁坐下，也打起瞌睡来。他忘了挂上听筒，所以没人能打扰他甜蜜的美梦。联队办公室又有事情要通知第11先遣队，叫他们明天中午12点向联队报告有多少人还没打伤寒预防针，可是电话就是叫不通，气得他们直跺脚。

第二天清晨，在各个厨房煮起咖啡的一阵香味中，帅克醒来了。他不自觉地把听筒挂上，就像刚刚打完电话似的。然后他在办公室里做了一番清晨漫步，嘴里还哼着小曲儿，把军需上士万尼克也给吵醒了。他问帅克几点了。

"他们刚吹过起床号。"

"那么我喝点咖啡再起来，"上士总是不慌不忙的，"不然的话，他们一定又让咱们像昨天领罐头那样瞎忙活。"

电话铃响了，上士接的。他听到卢卡什中尉的声音，问起罐头的事办得怎样了，随后电话里传来了一阵指责声。

"的确没有，长官，"军需上士万尼克对着话筒大声嚷道，"哪儿有呢？长官，全是瞎诌的。派人去那里也无济于事。我正要打电话向您报告呢。什么？我到酒吧间了？长官，嗯，老实说，我去过一会儿。不，长官，我没醉。帅克在干吗？他就在这儿。要叫他吗？"

"帅克，接电话，"上士说，然后又低声叮咛道："如果他问起我回来的时候什么样儿，你就说我很好。"

帅克接起电话："报告长官，我是帅克。"

"喂，帅克，那罐头究竟是怎么回事啊？都领到了吗？"

"没领到，长官，连个影子也没有。"

"听着，帅克！我们驻扎期间，我要你每天早上都向我报到，直到我们上前线。你昨晚干什么了？"

"我在电话旁守了一夜。"

"有什么消息吗？"

"有，长官。"

"不准胡扯，帅克。有没有谁报道了什么要紧事？"

"长官，那是九点钟的事儿。我不想这么早去打搅您。"

"那就快说吧！"

"长官，有一个口信。内容大致是这样：'记下一个口信来。你是谁？记下来了吗？重复一遍。'"

"什么乱七八糟的！口信里讲了些什么？"

"长官，今天九点在上校那里开会。夜里我本想把您喊醒，可是后来我又改了主意。"

"哼！你有能耐夜里把我叫醒试试！又要开会，见他的鬼去吧！叫万尼克来听电话。"

上士接过电话："长官，我是军需上士万尼克。"

"万尼克，给我开一张……让我想想，对，开一张军士的名单，注明他们的军龄。再开一份连部配给的清单。要不要把国籍写上呢？对，那个也写上。等配给发完以后我就来签字。谁也不许进城去。挂上吧。"

为了掩人耳目，万尼克把罗木酒装在一个贴有"墨水"标签的瓶子里，此时，他正一边品着咖啡，一边望着帅克说道："咱们中尉打电话总爱嚷嚷，使我把每个字都能听得清清楚楚。帅克，你一定对他很了解吧。"

"那自然喽，"帅克回答说，"我们可是情同手足、难舍难分呢。命运几次把我们分开，可我们总能聚到一起。"

施罗德上校之所以又召集一次会议，无非是想展示一番他的演说才能。他面前的桌上钉着一张作战地图，上面有大头针上插着的小旗。可是小旗都倒了，战线也变了样。

半夜里，整个战局被联队办公室一个文书养的猫都搅得面目全非。这畜生在奥匈帝国的战区拉了泡屎，为了把它的恶行掩盖住，它又把小旗子全都扯了下来，弄得阵地上到处都是屎。后来它又在火线和桥头堡上撒了泡尿，把整个军团搞得一塌糊涂。

施罗德上校是高度近视。先遣队的军官们屏息注视着上校的手指头慢慢靠近那一小摊一小摊的猫屎。

"诸位，从这里到布格河上的苏考尔……唔，这是什么？"施罗德上校带着预言家的神气开始说道，并且机械地把他的食指朝着喀尔巴阡山伸去，结果插进一摊猫屎里去了——那猫屎使得战局地图更加的立体化。

"长官，好像是猫屎。"撒格那尔上尉毕恭毕敬地代表在座的军官回答说。

施罗德上校跑向隔壁办公室，随后便听到那里发出一阵可怕的咆哮。经过短短的一番查问，得知那猫是小文书兹卫比斐什两个星期以前带到办公室来的。

事情清楚了，兹卫比斐什就卷起铺盖，由老文书带到卫兵室去等待发落。

等上校涨红着脸回到军官们面前的时候，他只简单地说："请诸位随时做好准备，听候进一步的命令和指示。"会议就这样不了了之了。

局势越发令人迷茫。是走，还是不走呢？帅克坐在第11先遣队办公室电话机旁听到多种不同的观点，有悲观的，也有乐观的。帅克打心底里喜欢上了接电话这差事。对所有的问询他一概回答说：暂无确切消息予以奉告。

除了头一晚他错过的那通关于士兵们打没打预防针的电话外，后来他又接到一个迟到的电话，是有关罐头事件的，这事已于昨天傍晚顺利解决了。再后来帅克又接到一个电话，对方说得飞快，帅克只能像记密码似的把它写下来：

由于更加接近允许但是已经可是或者因而虽然同样以后再报告。

帅克对自己所写下的话感到惊讶，并大声念了三遍。上士说："全是胡扯！胡编乱造鬼才知道，说不定这是密码电话记录呢。把它丢开吧!"

这时, 卢卡什中尉也在他的斗室里研究着部下刚刚送来的那份密码电文, 琢磨着密码译法的规则, 同时也研究着关于先遣队开往加里西亚前线时应采取的路线那个密令:

7217——1238——475——212——35——马尊尼。

8922——375——7282——拉伯。

4432——1238——7217——35——8922——35——柯马洛姆。

7282——9299——310——275——788——1298——475——7929——布达佩斯。

卢卡什中尉一面译着这些密码, 一面叹息着嚷了一声: "随它去吧!"

▌情境赏析▌

本章描述了快乐的传令兵帅克的工作经历, 他对待工作的态度以及最终的结果总是令人啼笑皆非, 看似认真谨慎中总是透着诙谐与玩世不恭, 而与之形成鲜明对照的则是他的那些长官们, 尤其是写到施罗德上校为了演示他的演说才能而召集的一次看似非常严肃的场合中, 一只猫和它的屎把这严肃的气氛全部搞乱了套。那涂满猫屎的作战地图恰恰暗示着整个战局, 以及军团和军官们的混乱、迷茫状态。

第十八章

因为拿错了书，没有一个人能明白撒格那尔上尉的电码破译方法。

出发的时候终于到了。士兵们被一个个塞进车厢，每节车厢可容纳 42 名士兵或 8 匹马。要知道马在车厢里比人要舒服，因为它们可以站着睡觉。但这倒无关紧要，重要的是军用列车又把一批新兵送到加里西亚屠宰场去了。

不管怎样，火车一开，这些忐忑不安、终日沉溺在烦恼与惊恐之中的士兵终于可以踏实点了。一个士兵像疯子似的冲着窗外大喊道："我们要走了，我们要走了!"

军需上士万尼克对帅克说过不必急，这话一点儿不错。过了好几天，士兵们才登上火车。这期间大家一直谈论着罐头的事情。经验丰富的军需上士万尼克一口咬定没有那么回事，至多让神甫做一场弥撒罢了。按照以往的经验，配给罐头，就不做弥撒；相反，做弥撒，就不配给罐头。

果然，罐头没来，来的是首席神甫伊比尔。他同时为三个先遣队做了一台露天弥撒，真可谓"一石三鸟"。

列车开动前，先遣队的军官们正待在军官车厢里，气氛十分肃静。大部分军官都在埋头看着一本精装的德文书——路德维希·刚赫弗尔的小说《神甫们的罪孽》。他们同时聚精会神地看着第 161 页。营长撒格那尔上尉靠窗站着，手里拿着那本书，也翻到第 161 页。他凝望着窗外的风景，正思索着如何以浅显易懂的语言向大家解释这本书的使用方法。

"诸位，"他带着异常诡秘的神情说，"你们千万别忘记翻看第 161 页。"大家反复读着第 161 页，但总看不出个名堂来。

撒格那尔上尉反复将一切都想好以后，才离开了窗口。他缺乏教学的天赋，所以费了好大工夫才想出一套办法来讲解第 161 页的重要性。

"诸位，"他这样开场，有点像上校，"我昨天收到了上校关于路德维希·刚赫弗尔所著的《神甫们的罪孽》第 161 页的指示。"

"诸位，"他接着郑重地说，"这一页就是我们战时使用的一套新的电报密码，它完全是机密的。"

候补军官比格勒尔掏出笔记本和铅笔来，用十分讨好的口气说："长官，我准备好了。"

大家直瞪瞪地望了这傻瓜一眼。在军官学校时，他对知识的追求就冒着些傻气。

撒格那尔上尉摆了摆手，继续他的演讲："我已经提过这套新的战时密电码的使用方法。你们也许不明白为什么非要你们看这本书的第 161 页。诸位，这是破译新密电码的一把钥匙，可以帮助我们理解军团司令部的最新指示。咱们采用的是最新的补充数字法。因此上星期联队参谋部发给你们的密码和译电法就作废了。"

"阿尔布里希大公爵式密电码，"勤奋的比格勒尔咕哝着，"这是根据格林菲尔式改编的。"

"新式密码非常简单，"上尉接着说："比方收到的命令为 'Auf

der kote 228，Maschinengeweh rfeuer linksrichten’ 我们接到的电报就会这样写：‘Sache-mit-uns-das-……’很简单，毫不复杂。拿起你们的书，翻到第 161 页，在对面第 160 页上，从上往下找‘事情’这两个字。看吧，诸位，‘sache’首先出现在第 160 页上，刚好是第 52 个词，然后在第 161 页上，从头数到第 52 个字母。诸位，请注意，那个字母是‘o’。再看第 2 个词‘mit’，它在第 160 页上是第 7 个词，相当于第 161 页的第 7 个字母‘n’。就这么译下去，直到我们把这道命令完全翻译出来。诸位，多高明的方法啊，这么简单。没有路德维希·刚赫弗尔的《神甫们的罪孽》，休想破译密码。”

大家都愁眉苦脸地望着那倒霉的一页，渐渐地苦恼起来。沉默了一阵，候补军官比格勒尔忽然焦急地嚷道：“报告长官，这密码有毛病呀！”

这密码确实叫人摸不着头脑。

不论大家费了多大劲儿，除了撒格那尔上尉以外谁也没能根据第 160 页的字序，从第 161 页上找到相应的字母。

“诸位，”撒格那尔上尉结结巴巴地说，“怎么回事？我这本《神甫们的罪孽》里一点儿没错呀！”

“长官，”又是比格勒尔，“请允许我指出，如果您费心翻翻这本书的标题页就会明白，路德维希·刚赫弗尔的这部书有上下两卷。我们拿的是上卷，而您拿的是下卷，显然我们拼出来的是‘bo’而不是‘on’。”

看来比格勒尔并不是傻瓜。

“旅部发给我的是下卷，”上尉说，“一定是搞错了。”

这时，比格勒尔得意扬扬地扫了大家一眼。

“诸位，这真是怪事。”上尉继续说，“旅部里有些人头脑太简单啦。"

在整个真相大白的这段时间里，可以看到卢卡什中尉一直在克制着自己内心的冲动。他咬着嘴唇，想说什么，但最终又改变主意谈到别的话题上去了。

"这件事情用不着这样认真，"他难为情地说，"我们在布鲁克驻扎期间，电码译法就改过了好几回。我个人认为，到了前线咱们才没有时间去猜这种哑谜。这种密电码根本没有什么实际价值。"

撒格那尔上尉很勉强地点点头说："就我在塞尔维亚前线的经验来看，我们的确没工夫去推敲这种暗语。但这并不等于这种密电码没有用处。"

上尉的解释并没有令大家信服，于是他无奈地说："前线参谋越来越少使用密电码了，而我们的野战电话又不好使，尤其是炮声隆隆的时候，简直什么也听不见。一旦如此，就会出现一片混乱的局面。"

他沉默了一会儿，煞有介事地说："诸位，眼看就要到刺布了，休息半小时，每人可以领到5两匈牙利香肠。负责发放的是候补军官比格勒尔。"

大家都注视着比格勒尔，他们的目光好像在说："你这冒失鬼，早晚会倒霉的！"

但这位勤恳的候补军官已从手提包里拿出一张纸和一把尺子，照着人数在纸上画起线来，准备给各连分配食物。

卢卡什中尉头一个跳出军官车厢，径直走到帅克坐的那节车厢。

"到这儿来，帅克。"他说，"别再胡扯了，我有事问你。"

"长官，我很乐意奉告。"

卢卡什中尉用怀疑的眼光看了下帅克，带着他走了出去。

在撒格那尔上尉那失败的讲解过程中，卢卡什中尉就发挥了他的侦探本领，找到些线索。这也并不费事，因为动身的前一天，帅克曾对他说过："长官，指挥部有些专门给军官看的书，是我从联队办公室取来的。"

所以，在他们迈过第二道铁轨时，中尉就直截了当地问："那些书是怎么回事？"

"您说的是我从联队办公室取来的那些书吗？"帅克问道，"哦，对啦，我费了好大劲儿才搬到连部办公室。军需上士对我说：'这是上卷，那是下卷，军官们知道应该看哪一卷。'可我心想，他们一定都发了昏，咱们又不是犹太人，当然要从上卷读起啦。所以，当您从俱乐部回来后我就给您打电话，报告这些书的事，问您是不是战争期间事情都颠倒了，连书都得从后往前读？您叫我不要再说废话。于是我又去问咱们的军需上士，他说他们在前线没工夫看书。所以，我就只把上卷送到了营部办公室去，其余的就留在咱们连部办公室啦。我想等军官们读完了上卷再发给他们下卷，可突然来通知说我们要出发了，营里所有多余的东西都要送到联队贮藏所去。"

帅克缓了口气，又补充说道："贮藏所里真是琳琅满目啊，长官，就连布迪尤维斯教堂唱经班领唱人从军时戴的大礼帽都有呢！"

"帅克，"卢卡什中尉长长叹了口气说，"你这次捅的乱子可大了，你自己却还不明白呢。我管你叫白痴还算是客气的呢！要是什么时候有人谈起这件事，你都不要去理会。知道吗？还有千万不要把我扯到里面去。好，现在你去吧。"

"是，长官。"帅克大声应道，然后不慌不忙地朝他的车厢走去。

▌情境赏析▐

　　军队终于出发了，然后写到以一次先遣队军官举行的会议开始，大家煞有介事地研究密码问题，哪知一切都是南辕北辙，本来应该用上卷做对照，结果军官们拿的都是下卷，原来又是帅克捅出了大乱子。看似如此，但实际上呢？其实反映了当时整个队伍管理上的混乱不堪，试想，如果真的是极其重要的密码文件，又怎么能是一个小传令兵帅克可以轻易做主的？

第十九章

一场暴风雨就这样一掠而过，一点儿也没碰着帅克。

在布达佩斯的火车站上，撒格那尔上尉接到旅部发来的一份机密电报，是关于如何应对 1915 年 5 月 23 日奥地利发生的新局势的指示。

旅部的来电说，意大利已向奥匈帝国宣战了。

撒格那尔上尉看完电报后，立即下令吹集合号。先遣队全体官兵在广场上排成方阵以后，撒格那尔上尉用异常庄重的声调，宣读了刚由旅部发来的电令：

战争向来以或高尚或正义的名义举起它的屠刀，当然，这个名义只是欺骗和愚弄民众的，包括即将充当炮灰的士兵。

意大利国王本是我帝国之盟友，但由于他奸诈贪婪，竟将两国间友好协定忘得干干净净。战事爆发以来，背信弃义的意大利国王却一直口是心非，暗地与敌方勾结，于 5 月 22 至 23 日公然向我帝国宣战。我方最高统帅深信，向来光明磊落、坚定不移的我军官兵，对背信弃义者，必将给以沉重打击，使之明白，以狡猾卑鄙之心发动战争，必将自取灭亡。我们坚信，上帝必保佑我们，使圣·路西亚、维森查、诺瓦拉、克斯吐查等地的征服者，不久将重新出现在意大利的平原上。我们渴望胜利，我们必须胜利，我们一定能胜利！

然后士兵们照例高呼了三声"万岁"，就都赶回火车上去，心里感到有些惊讶。本来每人应发的 5 两匈牙利香肠没有吃到，如今反倒换来了一场对意大利的战争。

帅克跟军需上士万尼克、电话员楚东斯基、巴伦和炊事员尤拉达同坐在一节车厢里，他们开始了一场关于意大利参战的有趣的谈话。

"得，又搭上了一场战争，"帅克说道，"又添了一个敌人，又开辟了一条新的战线，咱们可得省着点儿用弹药了。"

"我唯一担心的是，"巴伦哆嗦着说，"为了对付意大利，咱们的配给又会减少了。"

军需上士万尼克思索了一下，然后严肃地说："那一定会的，因为这么一来，我们取得胜利的时间就更长了。"

"眼前最需要的，"帅克说，"正是像雷迪兹基那样的人物。他对那一带很熟悉，又懂得怎样冷不防地将意大利人逮住，该用炮轰哪儿，从哪边开炮。懂得从哪里进攻不难，难的是能不能达到预期的效果。这可是门学问啊！"

军需上士万尼克对意大利有着特殊的感情。因为他

把香肠和战争放在一起对比，倒是令人不禁莞尔。

士兵们以自己的理解方式，看似轻松地描绘着即将到来的残酷战争，似乎令死亡充满了轻松和乐趣。

在老家开的那间药店里兼卖柠檬水，那柠檬水就是用从意大利买回的最便宜和最烂的柠檬做的。如今这仗一打，他的药店就再也买不到意大利的柠檬了。

在军官车厢里，大家正谈着意大利参战后所造成的一些新的军事格局。那位战略高手——候补军官比格勒尔如今不在场，如果不是三连的杜布中尉在一定的程度上替代了他，谈话一定会相当枯燥无味。

杜布中尉用他一本正经的教书匠的腔调说道：

"一般说来，意大利的这个举动，我并不感到吃惊。三个月以前我就算定会发生的。这几年，意大利因为打赢了土耳其，所以变得目中无人。此外，它也过分地信赖自己的舰队，以为我们在亚得里亚海沿岸和南提罗尔省的居民会拥护他们。战前，我时常对我们那地方的警察局长说，咱们政府不应该小觑南方的民族统一运动。他非常同意我的意见，因为凡是关心帝国安危的有识之士，都早已看出，如果我们过于姑息那些分裂分子，是不会有好下场的。我记得很清楚，大约两年以前，我曾跟我们那儿的警察局长说，意大利只不过是在等待时机攻打我们。现在不是这样干了吗？"他大声咆哮着，好像是在跟别人争论似的。其实，所有在场的军官都恨不得这位多话的先生快点儿滚开才好。

"老实说，"他把声音放轻些，接着说，"人们总是容易忘记咱们跟意大利过去的关系。忘记我们军队在 1848 年和 1866 年打败意大利的那些伟大、光荣、胜利

相对于士兵的故作轻松，这位中尉对这场战争的自以为是的评价和理解，只是令人讨厌和憎恶。

的日子。但是我还是一直在尽自己的责任。在上一学年完结以前，我就给我的学生布置了这样的作文题目："我国英雄在意大利，从维森查到克斯吐查，或者……'"

这个东拉西扯的杜布中尉还用德语庄重地补充说："……鲜血与生命献给哈布斯堡王朝，献给统一、伟大的奥地利。"

虚假得连自己都不相信的所谓忠诚誓言就被这些兵痞们一遍一遍重复着。

他沉默了一阵儿，显然是在等军官车厢里其他军官对新的局势发表意见，这样他就好向大家再次证明他 5 年前就知道意大利有朝一日会怎样对待它的盟国。但他完全失望了，营部传令兵马杜西奇从火车站取来《佩斯使者报》交给了撒格那尔上尉。上尉把头埋在报纸里转移了话题："瞧，咱们在布鲁克见到的那位女演员魏妮尔，昨天晚上又在布达佩斯的小剧院登台啦。"

这时候，火车已经停了两个多钟头，但他们又接到通知说火车还有三个小时才开，允许士兵们在车站附近走动走动。

于是，士兵们就到处溜达着碰碰运气：车站上人很多，偶尔有士兵能讨到一两支香烟抽抽。

想来还真伤感，早先火车站上老百姓对军队是何等热情，如今已完全冷却了，士兵甚至沦落到乞讨的地步。

当民众更多了解到战争的真实和残酷时，逐渐变得麻木和抵触。

等第 91 联队的先遣队终于凑齐，准备回到车厢上去的时候，营部传令兵马杜西奇从铁路运输管理处带来消息说，还得要三个钟头才能开车。于是，刚凑齐了的士兵又被放了出来。

在列车出发之前，杜布中尉很烦躁地走进军官车厢，叫撒格那尔上尉立即把帅克逮捕起来。杜布中尉教书时就因为喜欢在同事间搬弄是非而出名。所以他喜欢跟士兵谈话，好掌握他们的心理活动，同时，他也喜欢用教训的口气向他们解释为什么要打仗，或者为了什么而打仗。

他散步的时候瞅见帅克正站在离火车站大楼后面的一根电灯杆子不远的地方，津津有味地端详着一张为筹集战款卖慈善彩票的海报。<u>海报上画着一个面带惧色、留着胡子的哥萨克人背墙而立，一个奥地利士兵则用刺刀将他扎穿。</u>

杜布中尉轻轻敲了下帅克的肩膀，问他是不是喜欢。

"报告长官，"帅克回答说，"无聊到家了。这种胡说八道的东西我见多了，可是还没有哪一幅像这幅这么糟糕的。"

"你不喜欢哪里呢?"中尉问道。

"长官，首先我不喜欢那个士兵用刺刀的方法，那么抵着墙使还不得把刺刀弄坏了?而且，无论如何他也用不着那样干，那个俄国人不是已经举手投降了吗?他毕竟是个俘虏，对俘虏就得按规矩办事。那家伙这么做一定会被逮捕的。"

中尉又问道:"这么说来你替那个俄国人难过是吗?"

战争机器一旦开动起来，它的眼里只剩下杀戮和流血，已赤裸裸地撕下了蒙骗大众的所谓正义、人道的面纱。

"长官，我是替他们两个人难过。我替那俄国人难过，因为他肚子里扎了根刺刀；我替那个士兵难过，因为他得为这事儿被捕。"

杜布中尉气冲冲地盯着帅克那张和善的脸庞，愤怒地问道："你认得我吗？"

"我认得您，长官。"

杜布中尉翻翻眼睛，跺跺脚说："告诉你，你还不认得我呢！"

帅克依然泰然自若："报告长官，我认得您，您是我们先遣队的。"

"我是说，"中尉大声嚷道，"你认得的是我善的一面。可你还没有见识过我恶的一面。好，你认得我不认得？"

"长官，我的确认得您。"

中尉狠狠地瞪着帅克，帅克却用一种很有尊严的镇定回视着中尉，他们的会见在一声"解散"中结束了。

杜布中尉心里想着帅克，决定叫撒格那尔上尉把他严加禁闭。而帅克呢，心里也想着：他这辈子没见过几个白痴军官，然而杜布中尉却是他所见到过的最白痴的一个。

杜布中尉向上尉强调说帅克的举动是多么傲慢，所以必须把他隔离起来。他说，要是再这么下去，士兵就都快要目中无人了。他反问说，在座的军官一定不会有人怀疑这一点的。战前他曾对他那儿的警察局长说，做上级的一定要对下属保持威严，尤其是在战争时期，更

战争是不允许有像帅克的想法的，所以中尉愤怒地自以为抓到了帅克的把柄，可这愤怒和帅克的难过和同情相比，更显得愚蠢万分。

中尉只是被帅克的善良、尊严激怒了，他的内心中认为这些炮灰是不配享有这些东西的。

应当叫士兵懂得畏惧上级。警察局长也抱有同样的想法，因此，他要求严惩帅克。

作为正规军官，撒格那尔上尉讨厌所有的后备军官。他建议杜布中尉说，他应当首先找到管帅克的那个人，也就是卢卡什中尉。而且这种事得按照程序从连部转到营部。如果帅克做错了事，先由连部惩办；如果不服，他还可以向营部上诉。如果卢卡什中尉也认为应当严惩帅克，那么撒格那尔上尉也不反对把帅克带来盘问一番。

卢卡什中尉并不反对这样做。可杜布中尉却犹豫了，他说帅克只是不能恰当地表达自己的意思，所以听来觉得傲慢无礼，对上级不知尊敬而已，况且从这个帅克的模样看来，他显然神经上不大正常。

一场暴风雨就这样一掠而过，一点儿也没碰着帅克。

列车还没开，一列兵车载着各色人物赶了上来。车上有掉了队的士兵，如今出了医院，正被送回他们的联队；也有其他可疑的人物，在拘留所里玩过一阵把戏，如今要归队了。

这其中有个叫马立克的志愿兵，他因为拒绝打扫茅房而被控有叛变行为。可是师部军事法庭宣告他无罪，所以这时他出现在军官车厢上，正向撒格那尔上尉报到呢。

上尉从这个志愿兵手里接过一些证件，其中包括一份机密鉴定，上面说他是个"政治上的可疑分子，须加戒备"，上尉心里因此很不高兴。

"以你所受的教育，你本应出人头地，"上尉对他说，"然而你却只知道从这个拘留所混到那个拘留所，真是给联队丢脸。如今你有了一个弥补的机会，你是个聪明人，小伙子，你要做的就是把一切胜利的成果、营里一切出色的活动一一记下来，说不定倒是可以写成一部陆军史呢。你听明白了吗?"

"报告长官，听明白了。能够把咱们营部的英勇事迹都记录下来是我的荣幸，尤其是在这个全力反攻的时刻。"

"你就隶属营本部，"上尉接着说，"你这个工作可能不大好做。可是如果我给你些恰当的提示，我希望你也有足够的观察力把咱们这一营不屈不挠的光荣传统记录得比任何营都要好。我会向联队总部打报告说你已被派任为营部的战绩记录员。好，你去向第 11 先遣队军需上士万尼克报到，好让他给你安排个车厢，然后叫他到我这儿来。"

没过多久，一道命令传遍了整个列车：一刻钟之后动身。可是谁也不相信这是真的，尽管百般戒备，有些人还是掉队了。火车开动时，少了 18 个人。

战争的车轮又向前滚滚开动了，它带走了生命和人性，留下了创伤和迷茫。

情境赏析

战局又到了一个新的转折点，本章描述了在战局中，普通士兵（以帅克等人为代表）和中下层军官（以杜布中尉为代表）对战势的态度和理解。在杜布中尉的长篇发言中，看似慷慨激昂、着眼点很高的皇皇高论，实质上毫无建设性，本质上是东拉西扯、自以为是的胡说八道。而与之形成鲜明对比的是，帅克他们的谈论是以自己的理解方式在谈论和感慨，至少他们的对话是充满真情实感的。

▌名家点评▐

《好兵帅克》这部小说的力量就在于它以生动有力、令人笑破肚皮的情节，富于说服力地告诉我们：一个不义的军队，无论它在数量上如何庞大，到头来只能失败、灭亡。

——萧　乾

列车沿着新砌成的堤防缓慢地前进着，因此全营都能饱览这些战地的景物。

在全营开往东加里西亚的拉伯尔兹河，再步行至前线去获取军事荣誉的路上，人们一直谈论着多少有些叛国意味的怪话。在帅克和志愿兵马立克坐的车厢里也是如此。同样，类似性质的谈话在别的车厢更是以较小的规模进行着。甚至连军官车厢也笼罩着某种程度的不满情绪，因为军部刚下达了一道命令，宣布军官的酒类配给量减少八分之一升。自然，士兵们也没被忘掉，每人的西米配给也减少了 10 克，更奇怪的是军队里谁也没有见过西米。

车站上挤得水泄不通。两列军用火车等着先开出去，跟着是两梯队的炮兵和一列架桥部队的列车。

另一条铁轨上，一列满载着破烂不堪的飞机和大炮的列车向后方开去。往前方输送的都是些新家伙，而那些曾有过光荣历史的废铜烂铁们则要运到后方去修理和改造。

杜布中尉向围观被击毁的大炮和飞机的士兵们解释说，这都是些战利品，还傻瓜似的指着一架被击毁的、清楚标有"卫因那尔·纽史达"字样的奥地利飞机对士兵们说："这是咱们在列姆堡俘获的俄国飞机。"这句话无意间被卢卡什中尉听到，于是他就走过来补充道：

"对呀，还烧死了两个俄国飞行员。"

随后他默然离去，心里暗骂杜布中尉是个彻头彻尾的傻瓜。

将近晌午时分，他们走到了休门涅，火车站上到处留有战斗的痕迹。午饭准备就绪，士兵可以趁此机会窥探一个公开的秘密：俄国人走了以后，当局是怎样对待当地居民的——他们在语言和宗教上都跟俄国人相近。

月台上，有一批被俘的露丹尼亚囚犯，周围有匈牙利的宪兵把守着。囚犯中有从附近各县搜来的神甫、教师和农民。他们的手都反绑在背后，两个一对地拴在一起。大多数被捕者鼻子都破了，脑袋上肿着个大包，这都是他们被捕后被宪兵痛打了一顿的结果。

再过去一点儿，一个匈牙利宪兵正拿一位神甫开玩笑。他在神甫的左脚上拴了一根绳子，用手牵着，然后用枪托逼他跳扎达士舞。正跳的时候他把绳子一拉，神甫就脸朝地摔倒了。因为手被倒绑着，神甫站不起来，只好拼命想滚个仰面朝天，以为这样可以挺起身来。宪兵看到这情景，笑得眼泪都流出来了。当神甫终于挣扎着爬起来的时候，他又把绳子一拉，神甫就又脸朝地倒下去。

宪兵队长终于制止了这场恶作剧。他吩咐把囚犯带到车站后边的一间空仓库里去，在那里殴打他们、侮辱他们，谁也看不到。

军官们谈论着这些插曲，总地说来，大家都不怎么赞成。

旗手克劳斯认为，要是他们当了奸细，就应该当场把他们绞死，而不是虐待他们。杜布中尉对整个举动完全赞成，他甚至认为这些囚犯跟萨拉热窝的暗杀事件必然有联系。听他说来，真好像休门涅的匈牙利宪兵在替被刺死的斐迪南大公和他的夫人报仇哪。为了加重他这话的分量，他说他订的一份月刊上说：萨拉热窝的空前暴举会在人们心上留下一道多年不愈的伤口。

卢卡什中尉也嘀咕了几句，说休门涅的宪兵可能也订了登载那篇感人文章的杂志。他忽然对一切都感到厌烦，只想喝个大醉，以解除他的烦恼。于是他就走出车厢去找帅克。

"我说，帅克，"他说，"你知道哪里可以弄到瓶白兰地吗？我有点儿不大好过。"

"报告长官，那是因为气候变化引起的。我想咱们到了前线，您可能会觉得更不好过的。可是长官您要是高兴的话，我可以替您搞点儿白兰地来，只是我怕会掉队。"

卢卡什中尉叫他放心，说火车还要两个钟头才开，车站后头就有人偷偷地在卖白兰地。上尉曾派马杜西奇去那里买过，才花了 15 克朗。于是中尉拿出 15 克朗，叫帅克立即去，并且吩咐他不许说是替谁买的，因为这是不许可的。

"长官您放心，"帅克说，"不会出岔子的，我经常糊里糊涂地卷进这种事儿来。有一回我在……"

"向后转！快步走！"卢卡什中尉打断了他的话。

于是帅克就往车站后边走去，一路上重复着此行的注意事项：白兰地酒要上好的，所以得先尝一尝；既然这是不许可的，那么我得当心点儿。

他刚要从月台侧面拐弯的时候，碰到了杜布中尉。

看到帅克走出月台，杜布中尉灵机一动，也跟了过来。车站背后靠马路的地方，摆着一排篮子，都底朝天放着，上面是几只柳条编的托盘，里面放着各种点心，看起来就像给学童们去郊游准备的，一点儿也不违法的样子。可是篮子里放的却是各种酒类，有小瓶白兰地、甜酒、烧酒及各种含酒精的饮料。

沿着马路有一道水沟，水沟的那边是一座棚子，违禁饮料的交易活动就是在那里进行的。

士兵们先在柳条托盘前讲好价钱，然后一个留着鬓发的犹太人就从那个看来毫不违法的托盘下拿出一瓶白兰地，藏在长袍子底下，带到木棚子里面，然后那个士兵就小心翼翼地把它塞进裤子或者军服里。

杜布中尉用他盯梢的本领注视着帅克的一举一动。

帅克走到头一只篮子跟前，先挑了点儿糖果，付了钱，放到衣袋里。这时那个留着鬓发的犹太人用德语对他咬耳朵说："老总，我还有点儿烧酒呐。"

价钱很快就讲妥了。帅克走进那棚子，等那犹太人把瓶子打开，他尝了尝，对白兰地还算满意，便把酒瓶塞进军便服下面，回车站去了。

"上哪儿去啦，你这无赖？"帅克刚要走上月台的时候，杜布中尉拦到他面前说。

"报告长官，我弄了点儿糖果吃。"帅克把手伸到衣袋，掏出一把脏兮兮的糖果来。"长官您要是肯赏光就尝尝吧。我觉得还不坏。有种特别的水果味儿，吃起来像覆盆子果酱。"

帅克的军服下面凸出一只酒瓶的弯曲的轮廓来。

杜布中尉在帅克的军服上摸索了一下说："这是什么，你这无赖？拿出来！"

帅克掏出一只装着黄澄澄的液体的瓶子来，上面醒目地写着"白兰地"三个字。

"报告长官，"帅克毫不畏缩地回答说，"我往这只空的白兰地瓶子里灌了点儿水。昨天吃的那顿红烧肉，害我现在还渴得要命呐。长官您瞧，这儿的水有点儿黄。我想那大概是含铁质的水吧。这种水非常有益健康。"

"既然你真渴得厉害，"杜布中尉魔鬼般地笑了笑说，"那就喝吧，可是得一口气把它全喝掉。"

杜布中尉幸灾乐祸地想象着帅克喝几口就喝不下去的狼狈景象。到时候，他杜布中尉就可以说："给我喝一点儿，我也口渴啦。"接着他再回去报告，等等。

帅克拔开瓶塞，送到嘴边，瓶里的东西就大口大口地消失在他的喉咙里了。杜布中尉被这情景吓呆了，他眼睁睁地望着帅克从容不迫地将整瓶白兰地喝了下去，又像丢柠檬水瓶子一样扔了空瓶子。

帅克说道："报告长官，那水的确有股铁腥味儿。我从前认得一个在布拉格附近开酒馆的家伙，他把旧马蹄铁丢到井里，好给夏天的游客做铁质水喝。"

"混蛋！该给你尝尝马蹄铁！带我去看看你取水的井。"

"离这儿只有几步，长官，就在那座木屋后边。"

"你前面带路，你这无赖！让我看看你怎么个走法。"

帅克听天由命地在前边走着。他总觉得那木屋后边会有一口井，因此，当他在那里真的找到一口井时，他并不觉得奇怪。走到井边，帅克拔开那抽水筒，随后就淌出一股黄水来。帅克便庄严地宣布说："长官，这就是那铁质水。"

那个留鬓发的犹太人惊恐万分地走了过来。帅克用德语告诉他中尉要喝水，叫他拿一只玻璃杯来。

杜布中尉傻了眼，只好把一杯水全喝了下去。那水在他嘴里留下了马尿和粪水的味道。这件事把他搞得晕头转向，他还给了那犹太人5克朗，然后他掉过头对帅克说：

"你在这儿晃什么？给我滚回去！"

　　5 分钟以后，帅克已经出现在军官车厢上，他向卢卡什中尉神秘地打着手势，叫他出来，然后对中尉说："报告长官，再有 5 分钟，最多 10 分钟，我就要不省人事了，我要回我的车厢里去躺会儿，请您答应三个钟头内别喊我，别吩咐我做任何事。我没出什么毛病，只是恰好给杜布中尉抓到了。我告诉他那是水，因此我只好当着他的面把一瓶白兰地全喝了。结果平安无事，长官。照您吩咐的，我一点儿马脚也没露，而且我提防得很紧。可是现在，报告，长官，我觉得两条腿开始有点儿站不稳了。当然，长官，我的酒量也不含糊，因为我跟着卡兹先生的时候……"

　　"别说了，畜生！"卢卡什中尉嚷道。其实他并没真的生帅克的气，而对杜布中尉的憎恨，倒是加倍了。

　　帅克小心翼翼地溜回他那节车厢。当他垫着大衣枕着背包躺下之后，他对车厢里的同伴说："不管怎样，我这回是真喝醉了，请不要喊醒我。"说完这话，他翻过身去就打起呼噜来。

　　经历了许多磨难才弄到那份营部记录员差使的志愿兵马立克，这时正坐在一张可以折叠的桌子旁，准备着一些营部的英勇事迹，他对这种预卜未来的事显然充满浓厚的兴趣。

　　万尼克在一旁很感兴趣地望着不时咧着嘴笑的马立克拼命地写着什么。随后他站起来，俯身看他写些什么。志愿兵向他解释说："替营史准备材料太有趣了。这工作主要是要有系统地做，整个工作都得有一套系统。"

　　"一套有系统的系统。"军需上士万尼克说，脸上多少带着些轻蔑的笑容。

　　"对呀，"志愿兵信口答道，"制定一套有系统的系统来编写咱们营的战史。一开头就写咱们营的那些大胜仗可不成，一切得按一定的计划一步步展开。咱们营不能一上去就把敌人打垮不是？这中间我得从一些微不足道的小事来表现咱们营无与伦比的英勇。还有……"马立克突然想起了什么似的继续说，"我差点儿忘记告诉你了，军士，你给我找一份全体军士的名单来。请告诉我第 12 连一个上士的名字。叫赫斯卡？那么，咱们就让赫斯卡的脑袋给地雷炸飞，身子却继续向前移动，并且打下了一架飞机。不消说，皇室肯定会在他们自己家里特别布置一个晚会，来庆祝这些胜利。到会的都是些显赫人物，而且就在皇帝寝宫隔壁的大厅里举行。大厅里全点上蜡烛，我想你也晓得，宫里不喜欢用电灯，因为咱们那位上了年纪的皇帝可不喜欢'短路'。庆祝会应该从下午 6：00 开始，皇帝举杯向我们营致完贺词以后，大公夫人玛丽·瓦勒莉也得说几句。上士，她特别要夸奖你一番。奥地利有许许多多的营，可只有咱们营建下了如此功勋。自然，根据我的笔记来看，咱们也遭受了不可挽回的损失，因为没人阵亡的营就不称其为营。关于咱们的伤亡，那得另外写一篇文章。咱们营的战史不能净是这些枯燥无味的胜利，必须得遭受许多损失。比方说九月吧，咱们营就一个人也不剩了，只留下那几页光荣的战史来震撼全体奥地利人民的心弦。长官，我就准备这么结束这部战史，一切荣誉都归于先烈！他们对咱们帝国的爱戴是最神圣不过的，因为那种爱戴是以死为归宿的。让后人一说到像万尼克这样的名字，就感到敬畏吧。让那些失去了赡养者而悲痛万分的亲属们骄傲地擦干他们的眼泪吧，因为阵亡的是咱们这营的英雄！"

电话员楚东斯基和炊事员尤拉达屏息听完志愿兵酝酿中的这部营史。这时，杜布中尉从半开着的门上探进头来。

"帅克在吗?"他问道。

"报告长官，他睡了。"志愿兵回答道。

"既然我问到他，你就应当打起精神来，把他给我找来。"

"这我可办不到，长官，他正在睡觉。"

杜布中尉发火了："你叫什么名字？马立克？哦，你就是那个一直被关禁闭的志愿兵，对不对？"

"对，长官。作为志愿兵，我的训练差不多全是带着手铐脚镣受的。可自从师部军事法庭证明我是无辜的，将我释放那天起，我就被任命为本营战史的记录员。"

"你这差使可长不了，"中尉涨红着脸大声嚷道，"我一定想法叫它长不了！"

"长官，请求您报告警卫室。"志愿兵严肃地说。

"你别糊弄我，"杜布中尉说，"我会把你送到警卫室去的，咱们后会有期。到那时你就会知道我的厉害了。"

中尉气冲冲地走出去了，盛怒之下把帅克给忘了。他本想把帅克叫起来对他说："朝我哈一口气。"从而证明帅克违反了禁酒令。又过了半个钟头他才重新想起这件事，可是已经晚了，因为这当口士兵们都领了一份带甜酒的黑咖啡。等杜布中尉折回去时，帅克已经在忙这忙那了。听到杜布中尉的呼喊，他立即像一只绵羊一样地从车厢里蹦出来。

"朝我哈一口气！"中尉咆哮道。

帅克就尽可能将肺里吸足了气朝他呼去，好似一股热风把酿酒厂的香味朝田野刮去一般。

"我闻到的是什么味，你这畜生？"

"报告长官，您可以闻到甜酒的味道。"

"哦，我可以闻到，对吗？"杜布中尉盛气凌人地嚷道，"这回我可逮着你了。”

“是，长官，”帅克很镇定地说，“我们刚领到一份喝咖啡用的甜酒，我把甜酒先喝掉了。要是有新规定，得先喝咖啡，后喝甜酒的话，我保证不会先喝甜酒。”

中尉一句话也说不出，摇摇头走开了，但是他马上又折回来对帅克说：“你们这些人都给我记住，早晚我会叫你们喊饶命的！”他别无他招，重又回到军官车厢。

一刻钟后，列车向那基－查巴开去，走过布里斯托夫和大拉得万尼一带被烧毁的村庄。这时他们知道身临战地了。喀尔巴阡山的山坡上到处都是战壕，两边尽是巨大的弹坑。跨过一条注入拉布尔河的小溪，他们可以看到新修的桥，以及烧焦了的旧桥的桥身。整个山谷都被挖得千疮百孔，土地被蹂躏得像一大群鼹鼠在上面搭过窝似的。在榴弹炸成的洞穴边缘散落着奥地利军装的碎片，这是被大雨冲出地面的。在那基－查巴的后边，在一棵烧焦了的老松树的乱枝丛中，挂着一只奥地利步兵的靴子，里边还有一块胫骨。这些没了树梢的树以及满是弹孔的孤零零的村庄都是炮火的最好印证。

列车沿着新砌成的堤防线缓慢地前进，因此全营都能饱览这些战地的景物。那些竖着白十字架的军人坟墓在被破坏得糜烂不堪的山坡上形成一片片的白色闪亮着。官兵们仔细端详着那些坟墓，好逐渐地、确信无疑地做好精神准备，来迎接那顶奥地利军帽最终会颁给他们的光荣：跟泥土捏在一起，挂在白十字架上。

在密左－拉伯尔兹，列车驶过被焚烧、毁坏的车站，停了下来。车站建筑物内熏黑了的墙壁上耸立着弯扭的横梁。很快修起了一排新木房子以代替被烧毁的车站，上面钉满了用各种文字写的大标语："请购买奥地利战时公债！"

在另一间长形木屋里是一个红十字会站。从里面出来了两名护士和一个胖军医。

士兵们接到通知说，要过了巴洛塔，到卢勃卡山口才开饭。营部的军士长带着各连队的炊事员以及负责全营后勤的采塔姆中尉，随同四名侦察兵，向麦兹教区进发。不到半个钟头他们就带着三头捆着后腿的猪回来了。身后跟着连哭带喊的一家路丹尼亚农民——猪是硬从他们家里征来的。后面还跟着那个从红十字会木屋里走出来的胖军医。他正在大声向采塔姆中尉解释着什么，而中尉只耸了耸肩膀。

在军官车厢前，冲突达到了高潮。军医毫不客气地对撒格那尔上尉说，这几头猪早就被红十字会医院定下了，而农民干脆不承认有这么回事，他要求把猪归还给他，因为那是他唯一的财产，无论如何不能按付给他的价钱那样贱卖给红十字会。说着，他就把猪款硬塞到上尉手里，他的老婆则拽着上尉的另一只手，卑躬屈膝地吻起来。

撒格那尔上尉大吃一惊，好一会儿才挣脱开那个乡下老太婆的手，可那个年轻的孩子又上来抓起他的手直吻。

采塔姆中尉用公事公办的口气说道："这家伙家里还有 12 头猪，而且我们已经照最近的第一二四二〇号有关经济部分的规定付给他征购价。根据指示的第 16 条，在未受战争波及的地区，猪价不能超出每磅 1 克朗 3 黑勒尔，而在受到战争波及的地区，每磅则可以再加 15 黑勒尔，共合 1 克朗 18 黑勒尔。如遇到纠纷，应立即成立由原主、有关部队指挥官和负责给养的军官组成的调查团。"

这些话都是采塔姆中尉按他随身携带的一份师部指令宣读的。采塔姆中尉用德语向那位愤怒的农民把这段话念完，问他听懂没有，而农民直摇头。中尉便对他咆哮道："那么，你想要成立个调查团是吗？"

农民只听得懂"调查团"三个字，因此他点了点头。这时，他的猪已经被拖进野战厨房宰杀去了，而他也被办理征购的那几个扛着刺刀枪的士兵包围了起来。于是，调查团向他的农庄出发，去研究究竟应该给他每磅1克朗18黑勒尔还是1克朗3黑勒尔。还没走到通往村庄的大路，野战厨房那边就传来可怕的猪的嘶叫声。这下，农民知道一切都完了，他绝望地用路丹尼亚土话嚷道："每头付我两个金币吧！"

四名士兵向他逼来，农民一家就在撒格那尔上尉和采塔姆中尉面前咕咚一声跪下。母亲和两个女儿抱住上尉和中尉的膝盖，口里喊着恩人，直到那农民大声喝住她们为止。他还骂道，让那些当兵的吃了猪肉都不得好死……

于是，调查团就停止了自己的活动。但那农民突然暴怒着挥动起拳头，因而每个士兵都用枪托猛击了他一下。于是全家人在胸前划了个十字，跑掉了。

关于军官们的伙食，撒格那尔上尉已经向野战厨房发出了命令："烤猪肉加香草汁。要挑最好的肉，不要太肥的。"

这样，到卢勒卡山口开饭的时候，每个士兵只能在汤里找到一两小片肉，运气差的只能找到一块肉皮。

上帝有时也是不公平的。勤务兵们由于跟伙房领导层比较亲近，所以一个个都吃得嘴巴直流油，肚子撑得像石头那么硬。文书们的嘴巴也吃得油光闪亮，卫生员们胀得直喘气。而在这片上帝祝福的地方，举目望去都是近期战斗所留下的痕迹。到处都散落着弹壳、空罐头盒、交战的两军制服的碎片、车子残骸、血迹斑斑的绷带和棉花。

为了给人以更完整的战地欢乐的印象，近处的山丘后边升起了浓烟，似乎整座村庄都在燃烧。原来那边是在焚烧霍乱和痢疾患者的隔离所。那些急于想请大公夫人玛丽出面赞助成立医院的先生们可皆大欢喜了，他们报告了一些莫须有的霍乱和痢疾患者隔离所的状况，随后就发了一笔横财。这时，受到大公夫人庇护的整个骗局，随着焚烧草褥子的臭气一道儿上了天堂。

全营官兵吃过饭后，就在这片奇特的气氛下休息了。

而这时，军官车厢里正展开了一场关于奥地利当局是不是昏庸糊涂的争论，有的人弦外之音似乎是说，要不是有德国人撑着，东线的军团早就给打得七零八落了。

杜布中尉试图为奥地利大本营的混乱状态辩护，瞎扯什么这片地区在最近的战斗中毁坏得厉害，铁路还没能修复。

所有的军官都用怜悯的眼神望着他，似乎想说："他这么昏头昏脑的，也怪不得他。"杜布中尉发觉没人反驳他，就索性信口开河地胡扯下去，说这片满目疮痍的风景给他留下了多么雄壮的感觉，它标志着奥地利军队所向披靡的大无畏精神。

同样没人搭理他，于是他又说道："对了，俄国人从这儿仓皇溃退时，军心一定乱得一塌糊涂。"

看来杜布中尉的嘴永远也不会停止的。他继续对军官们讲述他从报上看到的有关德奥军队对于萨河攻势中争夺喀尔巴阡山隘口的报道。他谈话的架势就好像他不但参加了，而且那些战役就是由他本人指挥的。最后，卢卡什中尉实在忍受不下去了，他对杜布中尉说："想来这些话在战前你都跟你那位警察局长谈过了吧？"

杜布中尉狠狠地瞪了卢卡什中尉一眼，就走出了车厢。

火车停在堤防上。堤防底下散落着各种物件，显然是俄国士兵从这个缺口撤退的时候丢下的。有生了锈的茶罐、子弹壳和一卷卷的铁蒺藜，更多的还是浸了血的纱布条子和棉花。这个缺口上面站着一群士兵，杜布中尉很快就望到其中有帅克，他正对其他士兵讲着什么。于是，他走了过去。

"怎么啦？"杜布中尉笔直地冲着帅克站定，同时声色俱厉地问道。

"报告长官，"帅克代表大家回答说，"我们看看呗。"

"看什么？"杜布中尉大声嚷道。

"报告长官，我们正看下面那个缺口呢。"

"谁批准你们的？"

"报告长官，我们是在执行施莱格尔上校的命令。当我们跟他分手，开往前线的时候，他曾嘱咐我们道：每逢走过一个凄凉的战场时，要好好看看那个地方，这样才好研究一下那仗是怎么打的，找出对我们可能有用的东西……"

杜布中尉真恨不得一下把帅克推到缺口下边去，但是他控制住了自己。他打断了帅克的话头，对那群士兵大声嚷道："别在那儿咧着嘴傻瞅着。"

而当帅克预备同大家一道走开的时候，他又咆哮道：

"帅克，你留下！"

于是，他们就站在那儿面对面望着。杜布中尉竭力想找点儿着实可怕的话来说。他掏出左轮手枪来问道：

"你晓得这是什么吗？"

"我晓得，长官。卢卡什中尉也有一支，跟这支一模一样。"

"那么你给我记住，"杜布中尉严肃而庄重地说，"如果你继续搞你那套宣传，小心有你吃苦头的一天。"

杜布中尉走开时，满意地重复着说："对，跟他最好就那么说：宣——传，这词儿用得好，宣——传。"

　　帅克进车厢以前，在外面溜达了一会儿，他自言自语地嘟囔着："我要是知道该替他起个什么名儿那多好啊。"没多久，帅克就替杜布中尉想出了个恰当的尊称来："混账的老牢骚鬼！"于是帅克就带着这个发明回到车厢上去了。

情境赏析

　　本章描述了帅克与杜布中尉、卢卡什中尉三者之间的交锋。本来，"混账的老牢骚鬼"杜布中尉一直想找帅克的麻烦，结果被看似傻乎乎的帅克机智地蒙混过关，而且反倒被狠狠耍弄了一把，不光喝下有马尿、粪水味道的脏水，而且还要为此花上克朗。就这样，看似呆头呆脑的帅克总是能用他温和的微笑、淡蓝色的眼睛不经意间化解发生在他身上的危机。

这群注定要被送到布戈河对岸某个屠宰场去的"人类中的畜生"就遵照指示出发了。

第 91 联队所隶属的"铁旅"旅部接到这样一道命令：

限你旅于即日下午 6 时以前从城内撤退，沿吐洛瓦·沃尔斯卡—里斯柯维兹—斯塔拉梭—散布尔一路进发，听候指示。第 91 联队先遣队随行，以作掩护。因此，先头部队于下午 5 时 30 分向吐洛瓦方向出发，南北两翼的掩护部队应保持两里的距离，后卫部队则于下午 6 时 15 分出发。

按照官方计划所做的开拔准备完成之后，旅长叫全营集合，像往常一样成正方形列阵，然后他就向他们演说了一番。他很喜欢演说，而且总是想到什么就说什么，到了没什么可说时，便想起战地邮政来。

"士兵们，"他大声嚷道，"我们现在正朝敌人的火线靠近，离火线只差几天路程了。到目前为止，你们在

残酷的战争总是能造就一些无聊的看客和愚蠢的参与者，他们都认为自己很伟大。

行军中还没有机会把通信地址告诉你们的亲戚朋友，好让你们从后方亲人的来信中得到安慰。"

他好像总不能把自己从这条思路里拔出来，他没完没了地重复着"你们的亲戚朋友""后方亲人"和"妻子""情人"等。任何人听到他的演说都会以为只要前方组织好军邮，这些穿了褐色军服的士兵就会立刻心甘情愿地去战场上拼命，似乎一个士兵即使两条腿都给炮弹炸掉，只要他记起他的军邮号码是 72 号，想到也许有一封家书在等着他，甚至还可能有个放满了腌肉和点心的包裹，他就会快快乐乐地死去。

旅长训完话，旅部乐队奏起国歌，大家为皇帝高呼了三声万岁。然后，这群注定要被送到布戈河对岸某个屠宰场去的"人类中的畜生"，就分成若干支队，遵照指示出发了。

11 先遣队是 5 时 30 分出发，朝吐洛瓦·沃尔斯卡进发的。士兵没走多久，就七零八落了，因为在火车上休息了太多时日，如今全副装备地行军，难免会四肢酸疼，大部分都低着脑袋吃力地走着。他们都渴得要命，因为尽管太阳已经落山，可还是像中午一般闷热，而且他们的水壶全都干了。他们知道更大的苦头还在后头呢。一想到这个，他们就愈加虚弱与疲乏。歌声此时也停止了，他们彼此打听着离吐洛瓦·沃尔斯卡还有多远。因为他们估计要在那里过夜。

在吐洛瓦·沃尔斯卡过夜？他们都大错特错了。

卢卡什中尉把楚东斯基、军需上士万尼克和帅克喊

[页边旁注]

愚蠢的旅长兴致高昂，他似乎没意识到自己也是被战争利用的工具。

被所谓信念欺骗的炮灰在某些人眼中只是可怜的"畜生"！

战争留给民众和底层士兵的只有无奈、疲惫和迷茫。

来，命令很简单：让他们把装备留在救护队，马上出发，穿过田野到马里—波达尼克，然后沿着河岸朝东南方向到里斯柯维兹去。

帅克、万尼克和楚东斯基负责布置宿营，替随后一个钟头或者不出一个半钟头就到的全连准备住处。万尼克还要在帅克的协助下，按军规规定的食肉分量给全连备办一口猪，而且肉必须在当晚炖出来。宿营的地方必须干净，要避开那些尽是虱子臭虫的木屋，好让士兵好好歇上一夜，因为第二天早上六点半全连得从里斯柯维兹开往克鲁显柯。

在他们为连队物色宿营地的那个村庄里，一片漆黑，所有的狗都汪汪叫着，他们不得不停止前进，好研究一下怎么来对付这些畜生。

狗叫得越来越凶了，帅克朝着昏黑的夜色嚷道："趴下，畜生，还不给我趴下！"帅克就像他当狗贩子的时候对他自己的狗那样呵斥。这样一来，狗叫得更凶了。

军需上士万尼克说："帅克，别朝它们嚷！不然的话，<u>你会把整个加里西亚的狗都惹得对咱们叫起来的。</u>"

<u>用夸张的修辞手法，意在阻止帅克的行为。</u>

村子里一间间小茅屋点起了灯。他们走到头一间茅屋，敲门问村长住在哪里。<u>屋里传来一个尖厉刺耳的女人声音，</u>用一种既不是波兰话也不是乌克兰话的腔调说她的男人正在前方打仗，小孩子们出了天花；说她家里的东西都给俄国人抢光了，丈夫上前线之前叮嘱她晚上不管谁叫门都别开。直到他们把门敲得更响，说他们是

<u>战争让普通民众感到无奈和愤怒。</u>

奉命来找宿营地的时候，一只看不见的手才开门让他们进去。他们发现原来这就是村长的家。村长说村庄地方很狭小，连一个士兵待的地方也没有。这儿没有地方给他们睡觉，也没东西可买，统统给俄国人拿光了。他说要是长官们不嫌弃的话，他愿意领他们到克鲁显柯去，那里有好几座大庄园，不愁没宿营的地方。那儿母牛也多，每个士兵都可以装满一饭盒的牛奶；那里的水也好，军官们可以在园主的公馆里休息。<u>可是里斯柯维兹这里呢，只有遍地的虱子和臭虫。</u>

为了证实村长所说的，茅屋隔壁牛棚子里的几头牛哞哞地叫了起来。随后又听见那个尖厉的女人声音在咒骂那些不幸的动物，巴不得它们都得霍乱死掉。但是牛的叫声并没难住村长。他一面穿着套靴一面说道：

"我们这里仅有的一头牛是邻居的，刚才您听到叫的就是它。这是一头病牛，一头可怜的畜生，俄国人把它的牛犊子抢去了。从那以后就再也挤不出奶来了，但牛的主人始终舍不得宰掉它，心想圣母总有一天会把一切都变好的。"

在说这话的当儿，他顺手穿起了羊皮大衣。

"长官，咱们现在就到克鲁显柯去吧！离这里只有三刻钟的路。不对，看我这老糊涂，没那么远，连半个钟头都用不着。我们抄近路走，过一条小河，然后走到一棵橡树那里，再穿过一座桦木林子。那村子很大，酒铺里的白酒劲头也很足。长官，咱们这就走吧，别再耽搁了。一定得给在咱们国王麾下跟俄国人打仗的官兵们找个干净的地方过夜。可是我们这村子净是虱子、臭虫、天花和霍乱。昨天，就死了三个得霍乱的。长官，最仁慈的上帝也诅咒里斯柯维兹……"

这时候，帅克神气地朝他挥了一下手。

"长官!"他模仿着村长的声音说道，"离这儿最近的树在哪里?"

村长没听懂"树"这个字，于是帅克向他解释说，就是一棵桦树、橡树，或者结李子或者结桃子的树，或者干脆任何有结实树枝的东西。村长说他的茅舍前面有一棵橡树。

"那好，"帅克做了一个谁都看得懂的上吊的手势说，"我们就把你吊死在你那茅舍前面，因为你应该知道：现在正在打仗，军令叫我们在这里而不是在克鲁显柯或是别的地方过夜。你不能改变我们的计划，要不然我们就得吊死你。"

村长哆嗦起来，结结巴巴地说，他很愿意替长官们效力。既然他们非要住在这儿不可，也许勉强也能找到使他们称心的地方，并说马上去提盏灯来。

随后他们在一大群狗的护送下进村里去了。

他们四下寻找着宿营的地点，发现里斯柯维兹地方虽然不小，可也确实被战争糟蹋得十分凄惨。虽然并没给炮火摧毁，可是附近遭到破坏的村庄里的难民全都挤到这地方来了。有些木棚子竟住了八户人家。掠夺性的战争使他们失去了一切家当，如今只得忍受一贫如洗的悲惨生活。

"护送"同样是反讽的描述方式，在黑夜里，狗对突然闯入的一群陌生人显然不会持什么欢迎态度。

　　不得已，连队的一部分人只好住到村子尽头一家被破坏了的小酿酒厂去。发酵室足以容下一半人。其余的，每10个人为一批，分住在几家田庄上。这些阔气的田庄庄主是不准那些一贫如洗的难民住进来的，所以地方还很宽敞。

　　连部的全体军官，军需上士万尼克、传令兵、电话员、救护兵、炊事员以及帅克都住在神甫家里。那里地方宽敞得很，因为神甫也不肯收留附近的难民。

　　那神甫是一个又高又瘦的干老头儿，穿着件褪了色的、满是油污的教袍。他吝啬得几乎什么都不吃。他父亲从小教他痛恨俄国人。可当初俄国人在这儿的时候，他家里也住过几个长满胡子的哥萨克人，可是没动过他家的鸡鹅。俄国人撤走后，奥地利人来了，把他家的鸡鹅吃了个精光。于是，他对俄国人的仇恨忽然间消失了。后来匈牙利人又进了村，把他蜂窝里的蜂蜜全掏光了，这下，他对奥地利军队的仇恨更深了。

　　如今他满腔怒火地盯着这帮夜间的不速之客，在他们面前踱着，还神气地耸了耸肩说："我这儿什么也没有，我是个穷光蛋。你们在我这儿连一块面包也找不到。"

　　神甫住宅后面那座小酿酒厂的院子里，野战厨房的铁锅下面正生着火，锅里烧着水，可水里什么都没有。军需上士和炊事员跑遍全村到处找猪，可是白费力气。走到哪里都听到这样的答复：俄国人把什么都吃光拿走了。

　　战争对民众的摧残是不分敌我的。

后来他们又把酒馆里的犹太人喊醒。那家伙捋了捋两边的鬓发，做出一副无能为力而万分难过的样子，到后来他还是劝他们买下了他的一头瘦得只剩皮包骨的老牛，据说还是上个世纪遗留下的。他要价很高，还扯着两边的鬓发发誓说，这样的牛，他们就是走遍了整个加里西亚、整个奥地利和德国，甚至于整个欧洲、整个世界也休想找到。他连哭带嚎地说，这是奉耶和华的旨意降生到世间的最肥的牛。最后，他跪在他们面前，两只手轮流抓着他们的膝盖哀求道："你们宁可把我这可怜的犹太人宰了，也别不买这头牛就走。"

他的呼号把大家都给骗了。结果，这块连任何一个肉贩子都不会收下的臭肉，就给拖到野战厨房用的铁锅里去了。犹太人把钱放进衣袋里以后，还哭哭啼啼了老半天，哀叹着说把这么壮实的一头牛卖得如此便宜，他们简直叫他破了产，以后他只能讨饭过活了。他恳求他们把他吊死，因为他想不到自己会在晚年干下这么一桩糊涂事，他的祖宗在坟里也睡不安逸。

犹太人的一出小插曲给这个荒诞的故事增加了一些闹剧和荒诞的色彩。

那头牛可真给他们添了不少麻烦。有一阵子他们觉得永远也剥不下它的皮来。剥的时候他们好几次硬把皮撕开，底下露出一股拧得像船上的干绳索一般的腱子来。

这时，他们也不知从哪里弄到了一袋土豆，便开始绝望地煮起这堆老牛筋和老牛骨头来，小灶上的厨子还在拼命用这副骨头架子替军官们凑足一顿饭，但也完全是徒劳。

战争不光是对民众和人性的摧残。

所有接触到这头可怜的牛的人——倘若这种怪物可

以称为牛的话——都不会忘记它。几乎可以肯定，后来在苏考尔战役中，指挥官只要对官兵们提起里斯柯维兹那头牛来，第11先遣队的士兵准会带着怒吼，举起刺刀向敌人冲去。

这头牛实在太可恶，连一点儿汤也熬不出来。肉越煮跟骨头贴得越紧，硬得跟整整半个世纪都呆在公事房里啃公文的死官吏一样。

比喻。说明了整个生活都已经变得荒诞不经。

身为连部和厨房间联络员的帅克，始终保持着信息的畅通，以便让大家知道什么时候饭可以做好。最后帅克告诉卢卡什中尉说："长官，那头牛硬得都可以去割玻璃了。炊事员试着咬了一口，结果把门牙给崩掉啦。"

于是最好的决定莫过于让大家在吃饭以前先睡个觉，因为反正要等到第二天早晨才能把晚饭做出来。

神甫并没睡觉，他在住宅里到处巡逻着。

饭厅里，除了杜布中尉，谁也没有睡觉。军需上士万尼克从驻在萨诺克的旅指挥部收到一份关于供给的新规定，正细心研究着。他发现军队离前线越近，供给就越少。当他看到规定里有一条禁止给士兵的汤里放番红花和姜时，忍不住笑了起来。规定里还提到骨头必须集中起来，送到兵站，再转到师部贮藏所去。但这条订得很模糊，因为没写明是人骨头还是被宰杀了的牲口的骨头。

这个规定，一眼就看出来，一定是那些养尊处优、大鱼大肉的官老爷们制订的。

早晨，他们离开里斯柯维兹，向斯塔拉梭和斯坦布夫进发的时候，那头该死的牛还没有煮烂，野战厨房用铁锅带着它，决定在路上继续煮，在半路休息时把它吃掉。所以在出发之前，先给士兵们发了黑咖啡。

帅克跟着救护队一道前进，直到他们歇脚的地方。在那儿，大家才从那头牛身上尝到一点儿汤味和肉味。

一个传令兵带着给第 11 先遣队的新命令从旅部指挥部骑着马奔来。行军路线又变了：不再经过沃拉里兹和撒布尔，因为那边已经驻扎了两个波山的联队，再也住不下了。

卢卡什中尉立刻命令军需上士万尼克和帅克去替联队在费勒斯丁找宿营的地方。

"帅克，你当心路上可别闹出乱子来，"卢卡什中尉说，"最要紧的是，遇到谁都要规规矩矩的。"

"报告长官，我尽力而为。可是今天早晨我打瞌睡的时候，做了一个讨厌的梦。我梦见我住的房子的过道里有一个洗衣盆在往外冒水，冒了一个通宵，结果把房子的天花板都给泡起来了。房东叫我立刻搬家。可笑的是，长官，这样的事确实发生过。在卡尔林，就在铁路桥的后边……"

"帅克，别再胡说八道了。你最好看看这张地图，帮万尼克找找路线。离开这村子以后，你们往右一直走到河边，然后沿着河一直走到第二个村子。从那儿再往前走，在你们右手又会遇到一条小河，你们从那里穿过田野，一直往北走，就一定能到费勒斯丁。都记住了吗？"

帅克觉得他记得住。于是，他就照这些指示跟军需上士万尼克出发了。

中午刚过，田野给太阳晒得有气无力的。掩埋士兵尸首的坑没覆好土，迎风吹来一股腐烂的臭味。他们如

战争只能带来困苦和饥饿。

战争已经让人不能称其为人。

今走到的这个地区，在进攻波里兹密斯尔的时候曾发生过战斗，好几个营都在那里遭到机枪的扫射。河边小树林里，可以看到炮火破坏的痕迹。在大片平地与山坡上，只剩下锯齿般的树根子露出地面。整片荒原被纵横交错的战壕切割开来。

"这儿跟布拉格不大一样，"帅克打破熬人的沉默说，"打完仗，这儿的收成准会非常好。他们用不着买什么骨粉了。整联队的人都烂在田里，这对庄稼可大有益处。总之这里的地肥得很。这叫我想起赫鲁布中尉来。他在卡尔林的兵营待过，大家都觉得他有点儿傻，因为他跟我们说话从来都不发火。有一天我们向他抱怨说，我们的配给面包没法吃，可他一点儿都没有生气，而是把士兵们叫来围着他站着，然后心平气和地跟他们讲话。'首先，'他说，'你们得记住，兵营可不是高级食品店，让你们随便买腌鳝鱼、油渍沙丁鱼和各种夹心面包，'他说，'每个士兵都应该有足够的头脑，懂得毫无怨言地吃他那份配给。'他又说：'你们设想一下，咱们正在打仗，仗一打完，你们都要埋在这块土地下了，不论你们生前吃过什么样的面包，对那块土地还不都是一样？'他说：'大地母亲还不是同样把你们化解开来，连人带皮靴统统吃掉吗？什么也糟蹋不了。从你们的骷髅上又会长出一片新麦子，那麦子又可以用来给别的士兵做面包吃。那些士兵也许跟你们一样会抱怨起来，可不同的是，有人会给那些士兵戴上手铐脚镣关起来，说不定关到哪一天哩，因为他们有权力那么做。所以我跟

战争带来死亡，人的死亡竟能成为庄稼的生机。真是绝妙的讽刺与无奈。

这位中尉心平气和的背后是无奈，是悲哀，还是嘲讽呢？

你们讲清楚了，我希望你们记住，谁也不许再到这儿来抱怨。'"

帅克这时候望了望四周的景物。

"我觉得，咱们走错路了，"帅克说，"卢卡什中尉对咱们讲得很清楚，咱们该先上山，后下山，向左拐，再向右拐，然后再向右拐，接着再向左拐。可是咱们却一个劲儿地朝前走哪。我肯定前面有个十字路口，我建议咱们走左边那条路。"

到了十字路口，军需上士坚持说，应当走右边那条路。

"不管怎样，我反正走左边这条，"帅克说，"保准比您那条舒服。我要沿着这条小河走。您愿意大热天去瞎逛，就请便吧。我要照卢卡什中尉给的指示走，他说的不会错的。所以我要穿过田野慢慢地走，一路上再采点花儿。"

"帅克，你别犯傻啦，"军需上士万尼克说，"按地图，恰恰应该照我说的走右边这条路。"

"地图也会出错的。"帅克边说边朝山下的小河走去，"您要是不信我的话，上士，那么咱们只好分道扬镳，在费勒斯丁见吧。您看一看表，看咱们究竟谁先到。要是遇到什么危险，您就朝天空放一枪，这样我好知道您在哪儿。"

黄昏时分，帅克来到一个小池塘，遇到一个逃跑的俄国俘虏正在那儿洗澡。俄国人一见到帅克，就光着身子跑掉了。

或许这些花儿能让帅克暂时忘却伤痛？

柳树底下放着一套俄军军服，帅克很想知道他穿起那军服来是个什么样子。于是，他便脱下自己的军服，把那个倒霉的、光身子的俄国俘虏的军服穿上了。那个俘虏是从驻在森林那边一个村子里的押送队上逃出来的。帅克很想在池塘水面上好好照照他的模样。他在塘边走了好半天，结果给搜捕俄国俘虏的侦察兵发现了。侦察兵都是些匈牙利人，因此，尽管帅克一再抗议，他们还是把他拖到赤鲁瓦的转运站去，在那儿把他跟一批俄国俘虏关在一起，派去修筑通往波里兹密斯尔的铁道线。

事情发生得如此突然，以至帅克第二天才意识到事情的严重性。一部分俘虏住在一间学校的教室里。帅克便用一条木炭在墙上写道：

　　第 91 联队第 11 先遣队连队传令兵、布拉格人约塞夫·帅克于执行打前站任务之际，在费勒斯丁附近误被奥军俘虏，故在此过夜。

> 帅克是不是故意的？他是否觉得之前的生活就像那头熬不出汤的牛一样乏味，所以故意找些乐子？

> 这么严重的时刻，帅克依旧没忘记他一本正经的调侃，这次是自己对自己的调侃。

情境赏析

　　通过卢卡什中尉命帅克等人去为连队准备宿营地，以他们的眼睛观察到了战争给下层民众、给整片土地带来的摧残以及破败和荒凉，让人认识到战争令人不再称其为人，或者成为杀戮机器，或者被摧残。而士兵的尸体埋入土地，最终成为庄稼的肥料，这种死亡带来的生机，只能说是一种绝妙的讽刺。

尾 声

尽管帅克因为穿了俄国军服被误认为是俄国俘虏，但帅克毕竟是个随遇而安的人，在俘虏营也同样过得幸运而舒适，不过，他没有在那里待多久，后来他顺利地回到了旅部。

在军官们吃惊的眼神中，帅克详细描述了他这一段时间以来的遭遇——他怎样在池塘边因为换了一身衣服而遭遇了不幸，池塘边的勿忘我是怎样欣欣向荣地开着，在当俘虏的时候，他都认识了一些什么样的人，又说他在俘虏营里是如何出色地为自己辩护的，在他陈述这些的时候，卢卡什中尉不止一次地打断他。

"帅克，"卢卡什中尉补充了一句，"要是你再出什么乱子，那就有你的好看了！"

"报告长官！那样我肯定会遭殃的。"帅克行了一个军礼，温和地答道，"既然在军队里，我完全明白这一点！"

注：病中的哈谢克将《好兵帅克奇遇记》一书口述至此。他没来得及写完这部第一次世界大战以后最著名和最受读者欢迎的小说，死神就于1923年1月3日迫使他永远沉默下来了。

▍情境赏析▍

　　好兵帅克的奇异的从军之旅暂告一段落，被误认为俄国俘虏之后有惊无险地又回到卢卡什中尉身边。可以想见，他的故事不会就此完结，一定会更精彩地继续上演。这个处处透着荒诞的故事，其实距离真正的生活并不远，距离真正的战争也不远。